AF187171

„Die Liebe zum Leben braucht auch den Mut,

es zu wagen."

(Annelie Keil)

Karin Brose

Jahrgang 1950

Studienrätin a.D.

Autorin, Malerin

2

Karin Brose

Mit Mutter stirbt die Dauerwelle

Damals war auch nicht alles Gold

Impressum

Produktion Karin Brose, Hamburg 2017

Fotografien/Bilder Karin Brose

Herstellung und Verlag:
BoD – Books on Demand, Norderstedt
ISBN 9783746037172

Inhalt

Dieses Buch wäre nicht zustande gekommen, wenn meine Alte Dame nicht so akribisch ihren Dauerwellen-kalender geführt hätte.

Zit.: Die Dauerwelle ist wieder bitter nötig."

6

Wirtschaftswunderkind.

Ich muss hier raus! Das flackernde Licht und die laute Musik gehen mir auf die Nerven!

Disco – das ist nicht mehr meins. Ich frage mich, ob ich nun alt bin. Wann ist das passiert?...

Überhaupt: damals. Alles ist immer im Fluss. Aber die Entwicklung der letzten 60 bis 70 Jahre kommt mir doch extrem vor. Musste alles so kommen oder hatte ich die Chance mich anders zu entscheiden? Gibt es wirklich so etwas wie Schicksal? Ich frage mich, wo die Schalt- und Wendepunkte waren, wo meine Wahl, die Richtung zu wechseln. Wer hat meinen Weg geprägt? Jeder begegnet in seinem Leben Menschen, die einen Richtungswechsel in seinem Lebensweg anstoßen kön- nen. Er muss nur aufmerksam genug sein, diesen Um- stand zu erkennen. Häufig ist damit eine positive Ent- wicklung verbunden, manchmal sogar Erfolg. Ist es eine Eigenart des Alters, immer intensiver über sich selbst nachzudenken? Du bist, wie du bist, weil viele Faktoren zusammenwirkten. Deine Gene, deine Erziehung, dein Schicksal, die äußeren Bedingungen

So vieles war damals in der Kindheit anders. Nicht unbedingt besser, aber vertraut. Nicht schlechter, aber damals eben üblich.

Du stellst fest, dass sich das, was du für Werte hältst, was dich geprägt hat, heute im Wandel befindet. Du wunderst dich darüber, dass junge Menschen sich über richtig und falsch einfach erheben und über das, was die Grundlage deiner Erziehung war. Aber gewundert hat sich auch schon Sokrates. Zu allen Zeiten war die Jugend so.

Hattest du eine behütete Kindheit oder war sie schlimm? In jedem Fall hat sie dich geprägt, ohne sie wärest du heute nicht du. Wenn deine Mutter erzählt, hörst du ganz genau hin. An manches erinnerst du dich, an anderes nicht. Vieles kennst du aus Erzählungen deiner Familie. Es hat sich dir eingeprägt und es kommt dir so vor, als wäre es erst gestern gewesen.

Jeder von uns hat seine ganz individuelle Geschichte, auch wenn die Zeit Vorgaben macht, die für alle gelten.

Du kennst das Märchen vom Aschenputtel, wo die Stieftochter den Prinzen trotz ihrer bösen Stiefmutter bekommt. Du kennst auch den Film „Pretty Woman", in dem sich ein sich prostituierendes Landmädel einen Millionär angelt. Hans im Glück ging seinen besonderen Weg. Hänsel und Gretel überwanden die Hexe. Dornröschen schlief 100 Jahre, bevor sie zu sich kam.

Jeder hat seinen Weg.

Wie Phönix aus der Asche

Nach dem zweiten Weltkrieg gestaltete sich die Situation in den beteiligten Ländern äußerst unterschiedlich.

Im Westen Deutschlands begann Ende der 1940er Jahre ein dynamischer wirtschaftlicher Aufschwung, der bis zur Ölpreiskrise im Jahr 1973 anhielt. Unterbrochen wurde dieser lediglich von einem Konjunktureinbruch in den Jahren 1966 und 1967.

Den bis dahin verbreiteten Tauschhandel und die Schwarzmarktwirtschaft beendete die Währungsreform 1948 praktisch über Nacht. Die Regale füllten sich zuerst mit Waren zur Deckung der Grundbedürfnisse. Die Bevölkerung wurde satt. Für eine breite Investitionstätigkeit fehlte es den Unternehmen zunächst noch an ausreichendem Kapital. Dies änderte sich in den Folgejahren zunächst langsam, dann durchgreifend. Grund-

lage war die gute Gewinnentwicklung. Die sich anschließende Investitionsbereitschaft war zu einem großen Teil selbstfinanziert. Damit verbesserte sich auch die bis Anfang der 1950er Jahre überaus prekäre Finanzlage sehr vieler Betriebe.

Diese Entwicklung vollzog sich mit enormer Geschwindigkeit. Das Realeinkommen der durchschnittlichen Arbeiterfamilie hatte schon 1950 das Vorkriegsniveau überschritten. Bereits in ihrem Gründungsjahr 1949 hatte die Bundesrepublik „das Wohlstandsniveau und den Grad der Modernität" erreicht wie vor dem Krieg. Die Zahl der Arbeitslosen lag Anfang der 1950er Jahre noch bei über zwei Millionen, wurde aber ab 1952 zunehmend kleiner. Der Arbeitskräftebedarf der aufstrebenden Wirtschaft war enorm und schon 1955 wurden erstmals von offizieller Seite sogenannte Gastarbeiter angeworben. Der Bedarf an Arbeitskräften konnte trotz der Zuwanderung aus den ehemaligen deutschen Ost-

gebieten und durch die Flucht aus der Sowjetischen Besatzungszone und der DDR nicht mehr gedeckt werden Das Wachstum schien in Gefahr. Besonders die sogenannten Übersiedler aus der DDR waren für das Wirtschaftswunder aufgrund ihrer überdurchschnittlichen Qualifizierung von besonderer Bedeutung: hunderttausende von Akademikern, Selbstständigen und Handwerkern kamen bis zum Mauerbau 1961 in den Westen.

Ein weiterer wesentlicher Umstand war die Abwanderung von Betrieben aus den sowjetisch besetzten Gebieten und der späteren DDR in die westlichen Zonen und die spätere Bundesrepublik. In einigen westdeutschen Regionen führte dies ab 1945 zu einem starken Wachsen der Industrie, insbesondere in dem vor dem Zweiten Weltkrieg noch kaum industrialisierten Bayern. Beispielsweise wurde Ingolstadt erst durch die Abwanderung der Auto Union AG (heute Audi AG)

12

aus Chemnitz in den ersten Nachkriegsjahren eine In-
dustriestadt. Allein aus Chemnitz wanderte eine Vielzahl von weiteren Unternehmen nach Westen ab, darunter auch die Schubert & Salzer AG, die Wanderer
Werke AG und die Hermann Pfauter AG. Die Konzern-
zentrale von Siemens wurde von Berlin nach München
und Erlangen verlegt. Es ließen sich noch eine Vielzahl
weiterer Beispiele anführen.

Die Investitionen in der Bundesrepublik stiegen bis
1960 um 120 Prozent, das Bruttosozialprodukt nahm
um 80 Prozent zu. Dieses Tempo des Wiederaufbaus
übertraf die Erwartungen; nach Kriegsende hatten Ex-
perten den Zeitbedarf für den Wiederaufbau der Städ-
te noch auf 40 bis 50 Jahre geschätzt.

Die Wirtschaft wuchs real um 10,5 Prozent. Die Reallöhne stiegen ebenfalls um 10 Prozent und der Kfz-
Bestand vergrößerte sich um 19 Prozent. Noch 1948
fuhren Automobile mit Holzvergaser über die leeren

13

Autobahnen, jetzt bildeten sich in der Urlaubszeit die ersten Staus. Der bis dahin nur vereinzelt verwendete Begriff „Wirtschaftswunder" wurde 1955 zum geflügelten Wort. Es war zugleich das Jahr, in dem die Bundesrepublik ihre Souveränität weitestgehend zurückerhielt – am 5. Mai 1955, bewusst auf den Tag genau 10 Jahre nach der Teilkapitulation der deutschen Wehrmacht gegenüber den Westalliierten.

Der Westen Deutschlands näherte sich im Laufe der 1950er Jahre dem US-Standard. Die deutsche Fahrzeugindustrie konnte ihre Produktion zwischen 1950 und 1960 verfünffachen. Industrie und Dienstleister konnten innerhalb weniger Jahre zwei Millionen Arbeitslose absorbieren. Die 8 Millionen Heimatvertriebenen und 2,7 Millionen Menschen, die aus der DDR zuwanderten, fanden ebenfalls Arbeit. Seit den späten 1950er Jahren herrschte Vollbeschäftigung, die Arbeitslosenquote lag unter zwei Prozent. Nach heutigem

14

Verständnis war mit einer Quote von circa 4 bis 5 Prozent sogar schon 1955/1956 Vollbeschäftigung erreicht. Von 1950 bis 1970 stiegen die Reallöhne um das Zweieinhalbfache. In der zweiten Hälfte der 1950er Jahre konnte die Bundesrepublik die wirtschaftlichen Lasten der Wiederbewaffnung bereits schultern. In dieser Zeit begann die Deutsche Bundesbank wegen anhaltender Exportüberschüsse hohe Devisenreserven anzuhäufen und die Goldbestände aufzubauen, die sie bis heute besitzt. Auslandsverbindlichkeiten wurden vorfristig getilgt, die D-Mark mehrfach aufgewertet. Der Bundeshaushalt war zwischen 1949 und 1968 fast völlig ausgeglichen, die Staatsverschuldung nahm – gemessen am Sozialprodukt – rapide ab. Gleichzeitig vollzog sich ein rapider Strukturwandel: Noch 1949 waren weite Teile Deutschlands ländlich-agrarisch geprägt und 21 % der Beschäftigten waren in der Landwirtschaft tätig. Bis 1970 sank dieser Anteil auf unter 10 %, zugunsten der

Industrie und später vor allem des Dienstleistungssektors. Die Produktion der verbleibenden Landwirte wurde durch Technisierung gesteigert und ihr wirtschaftliches Überleben durch staatliche Subventionen gesichert.

Ab Anfang der 1960er Jahre ging der Investitionsboom langsam zurück. Die Kapazitäten konnten die Nachfrage befriedigen, der technische Rückstand war aufgeholt. Die Wirtschaft wuchs jedoch bis einschließlich 1973, dem Jahr der ersten Ölkrise, weiterhin sehr dynamisch, nur unterbrochen von der leichten Rezession des Jahres 1967: „Erst 1973 endete demnach der Nachkriegsboom˙ Diese wirtschaftliche Entwicklung, die Wohlstand, Stabilität und sozialen Ausgleich versprach, gilt als einer der Gründe dafür, dass die zweite deutsche Demokratie, anders als die Weimarer Republik, von der Bevölkerung akzeptiert wurde, obwohl sie ein Produkt der alliierten Besatzung war.

16

Schwiegermutter-Schwarm

Er entsprach nicht unbedingt den Vorstellungen seiner zukünftigen Schwiegereltern. Aber während der schlechten Zeiten nach dem Zweiten Weltkrieg, konnte er als Fahrer bei den englischen Besatzern Lebensmittel und Zigaretten organisieren. Die haben sie gern genommen. Wie damals, als Butter und Margarine noch knapp waren und er einen Kanister Öl mitbrachte. Meine spätere Großmutter backte darin Kartoffelpuffer. Alle langten kräftig zu. Nach dem Essen schauten sie betreten auf ihre Stuhlkissen. Jedes hatte in der Mitte einen großen, dunklen Fleck. Was geschehen war? Er hatte Flugzeugöl erwischt, statt Speiseöl, und das war sofort durchgeschlagen! Diese Aktion brachte ihm nicht unbedingt Punkte bei den Eltern seiner Angebeteten. Außerdem war er nicht von hier, was für ihren Vater erschwerend hinzukam. Dabei war er der freundlichste Mann der Erde und äußerst klug dazu. Vielleicht ein wenig zu flippig für ihre Eltern. – Später

17

ließen sie dann auf ihren Schwiegersohn nichts mehr kommen, aber zu dieser Zeit damals hatten die jungen Verliebten es nicht leicht.

Familieninteressen

Heiraten war und ist ein spannendes Thema. In manchen Kreisen suchen, wie vor hundert Jahren. die Eltern den Ehemann nach wirtschaftlichen Belangen aus. Opportunismus leitet die Wahl des Partners. Manche glauben, dass sich Paarungen notgedrungen ergäben, weil man in den gleichen Kreisen verkehre. Andere sprechen auch von Zweckgemeinschaften. Geld gegen Jugend und Schönheit. Wo es auf Geld nicht ankommt, kann auch aus Liebe geheiratet werden. Die Frage ist, ob das vernünftig ist. Eine Freundin war der Auffassung, man solle sich vor der Ehe ausleben, dann könne man jemanden heiraten, der es gut mit einem meint, der zuverlässig und unterhaltsam sei. Für manche kommt eine Eheschließung überhaupt nicht in Frage, auch nicht für Frauen. Diese Einstellung konnte sich früher keine normale Frau leisten. Wer nicht eine finanzstarke Familie hinter sich hatte, war darauf angewiesen, von einem Ehemann subventioniert zu werden. Frauen waren nicht berufstätig.

Außerdem schrieb Das Bürgerliche Gesetzbuch bis 1977 vor, dass der Ehemann es seiner Frau erlauben musste, zu arbeiten. Erst 1977 wurde das Gesetz geändert. Bis 1. Juli 1958 hatte der Mann, wenn es ihm beliebte, den Anstellungsvertrag der Frau nach eigenem Ermessen und ohne deren Zustimmung fristlos kündigen können. In Bayern mussten Lehrerinnen zölibatär leben wie Priester – heirateten sie, mussten sie ihren Beruf aufgeben. Denn sie sollten entweder voll und ganz für die Erziehung fremder Kinder zur Verfügung stehen oder alle Zeit der Welt haben, um den eigenen Nachwuchs zu hegen.

Bis 1958 hatte der Ehemann auch das alleinige Bestimmungsrecht über Frau und Kinder. Auch wenn er seiner Frau erlaubte zu arbeiten, verwaltete er ihren Lohn. Das änderte sich erst schrittweise. Ohne Zustimmung des Mannes durften Frauen bis 1962 kein

20

*eigenes Bankkonto eröffnen. Erst nach 1969 wurde
eine verheiratete Frau als geschäftsfähig angesehen.*

Als meine Mutter mit 21 schwanger war, das war 1949, fanden sie und ihr Mann durch Beziehungen ein Zimmer zur Untermiete bei einer alten Dame. Es hatte 14 Quadratmeter. Das kann viel sein, wenn sie die Freiheit bedeuten, diese paar Meter. Freiheit und Privatsphäre. Heiraten und dann: Endlich allein!

Einen Schwarzen Anzug besaß er nicht. So lieh er sich einen für den wichtigsten Tag in seinem Leben. Handschuhe hatte er auch nicht. Also nahm er fürs Foto die der Braut in die Hand. Die Brautjungfer hatte vergessen, die Schleife des Brautstraußes zu bügeln, was nun schon mehr als 70 Jahre lang kommentiert wird, wann immer das Hochzeitsfoto die Runde macht.

Dabei ist das wirklich unwichtig, bei einem so schönen Paar.

Dieses eine Zimmer richteten sie behelfsmäßig mit Möbeln ein, die sie sich zusammenliehen. Mehr ging nicht und schließlich zählte sowieso nur, dass sie endlich allein sein konnten

Es war die große Liebe. Sie sollte ihre einzige bleiben und im Laufe der Jahre, weit über die Goldene Hochzeit hinaus, zur Symbiose werden. Aber das war damals nicht ungewöhnlich. Gemeinsam durch dick und dünn, das zählte, das war die Erfahrung des Krieges. Nur, weil man gelegentlich mal Stress hatte, lief man nicht auseinander. Geschiedene Frauen hatten es zu der Zeit außerdem sehr schwer. Als die Ehe eines befreundeten Paares in die Brüche ging, war die Frau auf sich gestellt. Sie wurde nirgends mehr eingeladen. Scheidung war ein Makel, besonders, weil die Frauen noch nicht so selbstbestimmt waren, wie heute. Emanzipation – ein weiter Weg.

Mütter waren damals nicht die Freundinnen ihrer Töchter, wie sie das heute oft gern wären. Während sich heute die Grenzen vermischen und Eltern sich von ihren Kindern beim Vornamen nennen lassen, hatten die Kinder früher einen gehörigen Abstand zu Vater und Mutter. Man muss sich fragen, ob das schlecht war, denn Eltern sind etwas Besonderes, man hat sie nur einmal. Sie bedeuten im Bestfall absolute Solidarität und Sicherheit auf Lebenszeit. Können Freunde das immer geben? Freunde kommen und gehen. Sie sind oft Lebensabschnittsbegleiter. Über Intimes sprach man jedenfalls mit seinen Eltern damals genauso wenig, wie heute. Die junge Frau wusste deshalb recht wenig über Anatomie und Körperfunktionen. So dachte sie wirklich lange Zeit, Kinder bekäme man durchs Küssen.

Wann kommt das Kind?

Als nun am 26. April 1950 die Wehen einsetzten, brachte ihre jüngere Schwester, sie zu Fuß zum Krankenhaus. Öffentliche Verkehrsmittel fuhren dahin nicht, ein Auto gab es nicht. Immer wieder mussten sie stehen bleiben, wenn sich die werdende Mutter in Wehen vor Schmerzen bog. Es waren wenig schöne drei Kilometer, vorbei an unheimlichen Trümmergrundstücken, auf denen niemand mehr wohnte, nur die Ratten. Der Gatte konnte nicht helfen, denn er war kurz zuvor mit schwerer Angina selbst ins Krankenhaus eingeliefert worden.

Auf der Station angekommen, wurde ihr ein Bett in einem Fünfbett-Zimmer zugewiesen und die diensthabende Krankenschwester bedeutete ihr: „Bis 9:00 Uhr wird das Kind da sein, sonst holen wir es." Die Wehen kamen und gingen und die werdende Mutter ging zwischendurch draußen spazieren. Man fragt sich heute, wie unwissend ein Mensch eigentlich sein kann, aber sie grübelte damals allen Ernstes darüber, woher die das Kind denn wohl holen würden! Die Geburt war dann nicht ganz einfach, ihr schmales Becken machte es dem Kind nicht gerade leicht, das Licht seiner Welt zu erblicken. Ich mache dieses Geburtstrauma heute gern verantwortlich für meine ernste Platzangst.

„Bett – Ecke"

Ein Zimmer zur Untermiete

Wir wohnten nun zu dritt in diesem einen Raum zur Untermiete. Mein kleines Gitterbett stand in der Ecke vor dem Fenster. Abends hängten sie eine Wolldecke davor, damit mich das Licht nicht beim Schlafen stören sollte. Besonders leise war es hier allerdings nie, denn genau vor dem Fenster hielt die Straßenbahn. Bei ihrer Ankunft quietschten die Räder auf den Gleisen, bei der Abfahrt rumpelten sie. Das konnte einen beschäftigen, wenn man sowieso nicht schlafen konnte und man lauschte, was die Erwachsenen jenseits der Gitterstäbe redeten. Meine Eltern schliefen zuerst auf einem Gestell mit Matratze. Man muss sich ein Feldbett vom Militär vorstellen. Tagsüber rollten sie die Bettdecke zu einer dicken Wulst und deckten eine Wolldecke darüber. So sah das Ding fast wie ein Sofa aus. Später bekamen sie eine ausklappbare Schlaf-Couch.

Eine Frage des Geschmacks

Vor der Couch stand ein Nierentisch mit schwarz bunter Tischplatte, eingefasst mit einer Metallleiste. Zwei passende Sessel, so genannte Cocktailsessel, von geringer Sitzhöhe und schalenartig geformt, standen auf spitz zulaufenden Füßen. Einer war currygelb, der andere grau. So hatte man das damals: Multicolor war in. Steh- und Wandlampen gaben durch ihre tütenartigen Wachs-Schirme nur diffuses Licht. Sie waren in fröhlichem Gelb, Rot oder Orange gehalten und an biegsamen Armen befestigt und sie stachen vorwitzig aus der Blumentapete heraus. Bis mir auffiel, dass sich solche „modernen" Möbel in den Häusern meiner Freundinnen nicht fanden, sollte es noch dauern.

In diesem einen Zimmer spielte sich damals alles ab. Gleich neben der Tür gab es ein Waschbecken, was schon großartig war. Andere hatten das nicht und wuschen sich in einer Waschschüssel. Heißes Wasser kam damals meist noch nicht aus dem Hahn, man erhitzte es in einem Kessel. Wenn das Wasser kochte, pfiff die aufgesetzte Flöte, weil der Wasserdampf durch sie nach außen drängte. Mag man sich das einmal vorstellen? Ich denke jedoch, es hat mir nicht geschadet. Vieles sehe ich deshalb wahrscheinlich entspannter als andere.

Auf Traditionen legte man großen Wert. So fand sich Weihnachten sogar noch Platz für einen kleinen Tannenbaum. Festlich war er, mit der silbernen Spitze, dem Lametta und den glänzenden Kugeln. Das weiß ich von alten Fotos, denn eigene Erinnerungen an diese frühen Jahre sind da wohl nicht. Ich war offenbar ein pflegeleichtes Kind. Wenn meine Mutter zu tun hatte, setzte sie mich in die Sofaecke mit einer Kiste voller Knöpfe. Damit habe ich angeblich stundenlang gespielt, ohne je einen zu verschlucken. Ich glaube, sie hat sie nie gezählt! Diese Fähigkeit, mich zu beschäftigen, ist mir offenbar mitgegeben. Noch heute finde ich immer etwas, das unbedingt getan werden will.

Fein gemacht zum Sonntagsspaziergang.

Die Ostzone

Die Sowjetische Besatzungszone (SBZ) oder Ostzone war eine der vier Zonen, in die Deutschland 1945 entsprechend der Konferenz von Jalta von den alliierten Siegermächten des Zweiten Weltkrieges aufgeteilt wurde. Zur SBZ gehörten die mitteldeutschen Länder Sachsen und Thüringen, die Provinz Sachsen-Anhalt, ein großer Teil der Provinz Brandenburg sowie Mecklenburg und Vorpommern.

Das Kürzel SBZ wurde auch nach 1949 während des Kalten Krieges benutzt, weil die Bundesrepublik die Existenz eines ostdeutschen Staates nicht anerkennen wollte. Mit entsprechender Konnotation wurden von der westdeutschen Bevölkerung und in der politischen Auseinandersetzung auch Begriffe wie „sogenannte DDR", „Sowjetdeutschland", „Ostzone", „Sowjetzone" oder einfach die „Zone" verwendet.

Am 9. Juni übernahm die Sowjetische Militäradminist-

ration in Deutschland (SMAD) mit Sitz in Berlin-Karlshorst die Regierungsgewalt in der SBZ in Deutschland. Das SMAD führte ein striktes System der Vorzensur in der SBZ ein. Auch das Kultur-, Volksbildungs- und Hochschulwesen wurden nach sowjetischen Vorgaben umgestaltet. So etwa kam es zur einseitig politisch-propagandistischen Ausrichtung der Kulturarbeit, zur Politisierung der Ausbildungsgänge und zur Auswahl von Studenten zur Zulassung in Studiengängen. In Gerichten wurden sogenannte „Volksrichter" eingesetzt.

Durch die Verordnungen zur Durchführung der Bodenreform in Deutschland wurden Landbesitzer entschädigungslos enteignet, die über 100 Hektar Fläche besaßen. Alle großen Industriebetriebe wurden enteignet und in sogenanntes „Volkseigentum" überführt.

Im Sinn der Reparationspolitik kam es zur Aneignung von Kriegsbeute und Trophäenaktionen, der Demontage, der Enteignung von Industriebetrieben und sonstigen Vermögenswerten, der Errichtung sowjetischer Handelsgesellschaften, der Entnahme von Erzeugnissen aus laufender Produktion und Zwangsarbeit von Kriegsgefangenen sowie Zivilinternierten auch in der UDSSR.

Sowjetisch besetzte Zone

Mutter und Geschwister meines Vaters lebten dort, wo nun die SBZ (Sowjetisch besetzte Zone) war, 30 Kilometer entfernt von Brandenburg an der Havel, im Nirgendwo. Es war ein kleines Gehöft an einer Sägemühle mitten im Wald. Der Duft nach frisch geschnittenem Holz liegt mir sofort in der Nase, wenn ich daran denke. Es war der abgeschiedenste Ort, den man sich denken kann. Nicht nur Fuchs und Hase sagten sich hier „gute Nacht". Hier trafen wir auch häufig auf russische Soldaten. Sie vegetierten im Gehölz. Ihre genaue Bestimmung wusste die Bevölkerung nicht. Manchmal vergaßen sie, die Männer wieder abzuholen. Dann saßen sie dort zwei Wochen lang am Straßenrand.

Wir Kinder liebten den Wald. Er war spannend für uns, denn wir wussten, dass zahlreiche Wildschweine darin hausten. Nachts kamen sie bis auf den Hof und auch tagsüber konnte es einem passieren, dass plötzlich eine Rotte aus dem Unterholz gepprescht kam. Außerdem gab es Unmengen von Pfifferlingen und sogar Steinpilze. Wir sprachen davon, dass wir Pilze finden gingen, suchen war nicht nötig. Leuchtend gelb blinkten sie unter Moos oder Tannennadeln hervor. Man musste die Pfifferlinge nur einsammeln. Der Bach, der das Rad der Sägemühle antrieb, beherbergte verschiedene Sorten Forellen. Meine Cousins waren gute Fischer. Sie griffen in den Uferbewuchs, wo die Forellen gerne standen und fingen sie mit den Händen. Im Sommer wateten wir gern Bach aufwärts. Das eiskalte Wasser machte uns nichts aus. Nur die Bremsen, die uns stachen, verdarben ein wenig die Freude.

Meine Tante backte jeden Tag frischen Kuchen. Die schwere Steingutschüssel hielt sie mit der linken Hand gegen ihren Bauch gedrückt, während sie mit der rechten den Teig darin kräftig rührte. Der große Holzlöffel schabte dabei in der Schüssel. Der Duft des frischen Kuchens zog bis in den Wald und lockte uns heim. Am liebsten war mir Rhabarber- oder Johannisbeerkuchen mit Baiser. Noch heute kann ich mich nicht zurückhalten, wenn dieses Gebäck auf dem Tisch ist. Tante Martha war eine kleine, dralle Person. Sie hatte ihre Familie voll im Griff, den ewig besoffenen Onkel genauso wie ihre Zwillinge. Manches Mal hatte ich Angst um sie, zum Beispiel, wenn sie Brot schnitt. Dann griff sie sich den ganzen riesigen Laib Brot, drückte ihn gegen ihre Brust, die mit einer Kittelschürze geschützt war, und säbelte mit einem ebenso riesigen Messer dicke Scheiben davon ab, Schnittrichtung immer Richtung Busen!

Meine Oma hielt Tauben, Kaninchen, Hühner und Ziegen. Letztere waren anspruchslos und gaben Milch. Ich konnte schon den Geruch der warmen Ziegenmilch nicht ab. Wenn meine Mutter fragte, ob im Kuchen auch keine Ziegenmilch sei, versicherte meine Oma hoch und heilig, dass das nicht der Fall sei. Irgendwann meckerten dann meine Cousins wie die weißen Freunde draußen und meine Mutter geriet außer sich.

Zeitweilig beherbergte sie auch einen Spießer. Der junge Rehbock befand sich in dem eingezäunten Hof vor der Außentoilette. Jeder, der den Hof zum Klo überqueren musste, war sein Ziel. Zuerst tat er immer so, als nehme er einen gar nicht wahr, um dann urplötzlich den Kopf zu senken und mit Anlauf einen Angriff zu starten. Als er kräftig genug war, entließ meine Großmutter ihn in den Wald. Er wurde zu gefährlich.

Eine Schwester meines Vaters teilte sich mit mehreren Generationen in der Stadt Brandenburg eine große

Wohnung direkt an der Havel. Dort starteten wir jedes Mal unseren Familien-Besuch. Ich mochte diese Wohnung nicht. Sie war so dicht am Fluss, dass mein Cousin vom Fensterbrett des Schlafzimmers aus ins Wasser springen konnte. Dementsprechend feucht war es auch in der Wohnung. Ich fürchtete mich immer vor den riesigen, tonnenschweren Federbetten.

Sich zu besuchen wurde den Familien, die durch die Grenze nun getrennt waren, damals nicht leicht gemacht. Anträge mussten gestellt werden. Jedes Mal hoffte und bangte man, ob die Reise genehmigt würde. Der Jahresurlaub war eingereicht und man fieberte, ob die Erlaubnis zur Einreise auch pünktlich kommen würde. Mit der Bahn war es dann jedes Mal wieder aufregend. An der Grenze nahmen die Zöllner regelmäßig die Zug-Abteile auseinander. Sie suchten Schmuggelware oder versteckte Flüchtlinge. Erst viel später erhielten wir Westler die Genehmigung, mit dem Auto zu kommen. Die Filz-Zeremonie blieb dieselbe.

Wer von West nach Ost reiste, musste Geld im Zwangsumtausch wechseln: Westmark gegen Ostmark 1:1. Leider konnte man mit dem Ostgeld wenig anfangen. Die Münzen des Ostgeldes waren aus Aluminium oder einem ähnlichen Leichtmetall und schon wenn man sie ansah oder in der Hand hielt, wusste man, dass sie nichts wert waren. In der Tat gab es ja im Osten auch für Westler wenig Interessantes zu erwerben. Jahre später kaufte ich dafür Fachliteratur für mein Sportstudium oder chinesische Gästehandtücher.

Besucher aus der Zone gingen hier im Westen als erstes ins Bürgeramt und holten sich ein sogenanntes Begrüßungsgeld ab. Das gab es jedes Jahr einmal.

Wenn die Oma aus der Ostzone zu Besuch kam, wurde es eng in unserer kleinen Behausung. Aber das war ja nicht so häufig. Diese Oma, ich nannte sie Oma Friesdorf zur Unterscheidung der anderen Großmutter, trug einen geflochtenen Dutt im Nacken. Spannend fand ich, wie sie jeden Morgen ihr taillenlanges Haar bürstete und dann zwei Zöpfe flocht. Manchmal durfte ich das machen. Die Enden umwickelte sie mit ausgerissenen Haaren. Dann wickelte sie die Zöpfe zu einer Schnecke umeinander und steckte sie fest. Unangenehm war, wenn die Oma mich anziehen wollte. Ihre Landfrauenhände waren von der Feldarbeit so rau und rissig, dass es mich gruselte. … Aber lieb war sie, die Oma. Sie kam aus Polen, woher genau, wusste sie selbst nicht. Schreiben und lesen konnte sie nicht. Auch ihren richtigen Geburtsnamen kannte sie nicht. Sie war eine Einsiedlerin und fühlte sich bei uns in der großen Stadt verloren, denn der Wald fehlte ihr..

Einen Opa gab es von der Seite nicht. Großmutters Mann war im Krieg in Russland geblieben. Wie meine Eltern schon immer vermuteten und meine Mutter erst 15 Jahre nach dem Tod meines Vaters in Unterlagen bestätigt fand, war dieser Mann gar nicht mein Großvater. Die Spekulationen, wer es statt seiner gewesen sein könnte, hatte es immer gegeben, aber Oma hatte meinen Vater mit der Frage nach seinem Erzeuger allein gelassen. „Bist du Quatschkopf!" sagte sie immer nur. Deutlich war allerdings, dass mein Vater – der Älteste – völlig anders aussah, als seine drei Geschwister. Auf dem Lande nahm sich der Gutsherr gern noch das Recht der ersten Nacht. Meine Oma war Landarbeiterin auf einem Gut gewesen. – In den amtlichen Unterlagen steht, dass unser bis dato vermeintlicher Großvater meinen Vater, als siebenjähriges Kind adoptiert hatte. Ich bin sicher, der hätte das zu Lebzeiten gern gewusst. Ich schaue zu seinem Stern hinauf „Du hattest Recht, Papa!"

Bei Oma Friesdorf

Zwei Zimmer, eine Wohnung zum Verlaufen

Als ich fünf wurde, durfte ich zum Schlafen auf ein Klappbett in der Küche der Vermieterin umziehen. Das stellte sich bald als nicht ganz ungefährlich heraus, denn sie war schon ein wenig dement und ließ hin und wieder das Gas im Herd an, ohne ihn zu zünden. Damals war Gas noch kein Erdgas und wenn es ungehindert in den Raum strömte, äußerst giftig und hochexplosiv.

Man sollte davon ausgehen können, dass Eltern immer das Beste für ihre Kinder wollen. Was Kindererziehung anging, war meine Mutter nicht nur in jungen Jahren sehr streng. Müsste ich ihr eine Schulnote geben, wäre es wohl damals eine 3- gewesen. Ihre Erziehungsversuche hatten manchmal etwas Verzweifeltes. Später wurde das anders. Note 2. Obwohl sie noch heute davon schwärmt, was für ein artiges Kind ich war, gab es in ihren Augen wohl doch Anlässe, die Strafe forderten. Wenn es ganz schlimm kam, musste ich im dunklen Flur vor dem Zimmer stehen und warten, bis ich wieder hinein durfte. Manchmal kam die Vermieterin und wollte mich in ihre Räume mitnehmen, weil ich ihr Leid tat. Ich musste ablehnen, denn das hätte meine Mutter nur noch mehr aufgebracht. Allerdings fürchtete ich mich dort im Dunklen. Wenn das Treppenhauslicht draußen mit einem lauten Klick anging, erschrak ich jedes Mal. Dann leuchtete ein schales Licht durch die Scheibengardinen und unterstrich meine Trostlosigkeit.

Einmal wischte ich Staub auf unserer neuen Anrichte. Ich kratzte versehentlich mit meinen kleinen, scharfen Fingernägeln durch den Staublappen und das dunkel gestrichene Holz zeigte weiße Kratzspuren. Meine Mutter war wütend! Sie rannte aus dem Zimmer und schloss von außen zu. Ich hatte schreckliche Angst, wusste ich doch nicht, wohin sie gegangen war und schon gar nicht, wann und ob sie wiederkommen würde. Kinder können das nicht unterscheiden, wenn sie verlassen werden. – Das Möbel hatte mühsam erspartes Geld gekostet. Sie konnte wohl nicht anders. Mein Vater war sehr viel ausgeglichener. So sehr meine Mutter ihre Kinder auch liebte, sie war die Strengere der beiden. Heute erinnert sie sich nicht so gut daran wie wir Kinder. Das mag daran liegen, dass unser enges, fast freundschaftliches Verhältnis die alten Zeiten überdeckt hat.

Als ich sieben war, suchten meine Eltern nach einer eigenen Wohnung. Wohnraum war 1957 knapp – zahlreiche Grundstücke lagen noch immer in Trümmern. Durch die Vermittlung von Bekannten fanden wir eine kleine 2-Zimmer Wohnung, die bezahlbar war, gleich um die Ecke. Es ist immer gut, jemanden zu kennen und über seine Belange zu reden. Die Lage war günstig denn meine Großeltern wohnten nur einen Katzensprung entfernt. Es gab einen Kohleofen im Wohnzimmer und einen Herd in der Küche. Das Schlafzimmer blieb kalt. Die Kohlen musste man einnehmen, d.h., man bestellte beim Kohlenhändler die Anzahl von

Zentnern, die man wahrscheinlich den Winter über verheizen würde. Total schwarz verrußte Kohlenträger, zum Schutz hatten sie Säcke wie Kapuzen über die Köpfe gezogen, schleppten die Kohlen in die Keller. In manchen Häusern konnten sie die Brennstoffe auch von außen über Rutschen direkt in den Keller schütten. Briketts, Quader von ca. 20 Zentimeter Länge und 6 Zentimeter Höhe und Breite wurden im Keller aufgestapelt, damit sie nicht so viel Platz wegnahmen. Mit hohen Eimern, so genannten Kohlenschütten, trug man die Brennstoffe in die Wohnung hinauf und die übriggebliebene Asche am nächsten Morgen wieder hinunter. Damit die Räume nachts nicht auskühlten, wickelte man am Abend Briketts in nasse Zeitung ein. Die glühten dann bis in die Morgenstunden vor sich hin und hielten die Schamott-Steine im Ofen warm – wenn man Glück hatte. Heizen war damals eine zeitintensive Angelegenheit. Einmal vermissten wir Hansi, unseren Wellensittich. Voller Panik leerte meine Mutter den Herd wieder aus, den sie gerade mit Papier und Holz vollgestopft hatte, um ihn zum Kochen einzuheizen. Sie fürchtete, den Vogel mit eingearbeitet zu haben, denn Sie hörte nur sein Piepsen, konnte ihn aber nirgends entdecken. Völlig hektisch erhöhte sie ihr Tempo Papier und die Späne zum Anzünden fielen auf den Boden. Plötzlich spürte sie auf dem Rücken ein Gezappel. Der Vogel saß hinten auf ihrem Schürzenband!

Fenster waren natürlich damals nur einfach verglast. Feuchtigkeit, die im Raum entstand, schlug sich als Schwitzwasser an den Scheiben nieder. Bei genügend kalter Außentemperatur verwandelte es sich in wundervolle, bizarre Eisblumen. Mit denen spielte ich gern. Wenn Ich gegen die Scheibe hauchte, konnte ich immer neue weiße Eiskristalle wachsen lassen. Das war schön. Hätte ich das erlebt, wenn ich damals ein Mobiltelefon gehabt hätte? Was für ein großes Glück diese heile Kinderwelt erfahren zu dürfen.

Auch unsere neue Wohnung hatte weder Bad noch Dusche. Wir wuschen uns wieder an dem Waschbecken in der Küche. Das führte dazu, dass mir die Anatomie von Mann und Frau schon früh geläufig war. Nacktsein war bei uns nichts Besonderes. Wie auch. Man konnte sich gar nicht aus dem Wege gehen. Die Handtücher versteckten wir hinter einem sogenannten Paradehandtuch, einem bunt bestickten Vorhang, der an einer Stange unter einem schmalen Schränkchen angebracht war. Darin bewahrten wir Kosmetika, wie Brillantine und Nivea Creme auf. Brillantine hieß damals Brisk. Das gaben Männer auf ihr Haar. Es wurde eingekämmt, damit ja kein Haar verrutschte. Akkurat musste eine Frisur sein, wie alles damals eine feste Ordnung hatte. Nichts war lässig, nichts unordentlich. Geregelt, gebügelt, glatt. Vergleichbar ist das Zeug mit Haargel heute, nur, dass es total fettig war.

Bestickte Tücher und Tischdecken waren überhaupt sehr modern, Blumenmuster mit buntem Perlgarn oder Sticktwist in Plattstich oder Kreuzstich in blau und weiß. Wer besonders geschickt war, fertigte Hohlsaum oder Lochstickerei an. Meine Großmutter häkelte sogenannte Filetdecken, für die man heute ein Vermögen bezahlt. Hunderte von Arbeitsstunden sind nötig, um so eine Tischdecke aus dünnem Garn zu häkeln. Eine Tante behäkelte winzig kleine Puppen, die hinter einer durch einen Gummi gehaltenen Schaumstoffrolle saßen. Diese „Puppenreiter" hatten die Aufgabe mögliche Tropfen beim Eingießen von Kaffee vor dem Sturz auf die Tischdecke einzufangen. Solche Dinge tat man in seiner Freizeit. Fernsehen gab es nicht. Andere Ablenkung auch wenig. Die Tage vergingen mit Arbeit. All die Haushaltserleichterungen, die man heute durch Maschinen hat, waren noch nicht üblich. Freizeit war daher auch überschaubar.

Die Toilette war damals in Mietshäusern meist eine halbe Treppe tiefer, draußen im Treppenhaus. Man teilte sie mit den Nachbarn. Auch das war normal. Jeder hatte dort seine eigene Papierrolle. Wenn man eine Wohnung mietete, gehörte die Pflicht des Treppenhausreinigens dazu. Die Mietparteien einer Etage erledigten das im Wechsel. Es gab deshalb einen Reinigungsplan. Zwei Mal in der Woche hatte man damit gut zu tun. Man fegte zwanzig Stufen und die dazwischenliegende Plattform, auf der sich auch die Toilette befand. Danach wurde feucht gewischt und Klo und Handläufe wurden gereinigt. Wenn das Linoleum trocken war, verteilte man darauf Bohnerwachs. Das möglichst gleichmäßig, denn sonst hatte man Probleme beim Blankreiben, wenn das Wolltuch – meist ein alter Pullover – in Fettresten herumschmierte. Manche hatten einen Bohnerbesen. Das war ein schwerer Metallblock an einem Stil, überzogen mit Bürsten. Der Bohnerbesen machte alles schön blank, war aber für die Stufen ungeeignet, da man mit ihm nicht in die Ecken kam. „Runde Ecken" putzen, das ging gar nicht!

Zu Anfang verliefen wir uns in der neuen Wohnung, denn soviel Platz waren wir nicht gewohnt. Zwei Zim-

mer und eine Küche! Ich schlief wieder im Eltern-
schlafzimmer. Meine Eltern kannten es nicht anders.
Man hatte ein Schlafzimmer und ein Wohnzimmer.
Dass man alternativ auch ein Kinderzimmer und ein
Erwachsenenzimmer hätte einrichten können, kam
ihnen nicht in den Sinn. Meine Spiel- und Schulsachen
bewahrte ich in einem Schrank unter dem Küchenfenster auf, den mein geschickter Vater selbst maßgerecht
eingebaut hatte. Er hatte Schiebetüren aus Sperrholz,
die im Wechsel hellblau und weiß gestrichen waren.
Das Küchenfenster ging in einen engen Hof hinaus,
der mit einem großen Holztor zur Nachbarstraße hin
abgeschlossen wurde. Da unten befand sich auch ein
Waschhaus. Jede Mietpartei bekam turnusmäßig den
Schlüssel dafür. Man heizte mit Kohle und Holz einen
riesigen Kessel an, in dem man dann die Wäsche kochte und ab und zu mit einem riesigen Holzlöffel umrühr-
te. Zum Auswringen gab es eine Wäschepresse, durch
die man die tropfnassen Wäschestücke von Hand kur-
belte. Manche Teile musste man nach dem Spülen in

eiskaltem Wasser mit den Händen auswringen. Das tat weh. Die Hände der Wäscherinnen waren jedes Mal rau und rissig. Den Trockenboden hatte man für eine Woche reserviert.

Beim Waschen trafen sich die Frauen der verschiedenen Mietparteien und hielten Klönschnack, wie wir in Hamburg sagen. Unsere Nachbarin war schon älter und ich mochte sie sehr. Dass sie ein wenig zu anhänglich war, fiel mir deshalb nicht auf, meinen Eltern schon. Sie klingelte jeden Tag bei uns. Meist wollte sie mit uns frühstücken. Dann trug sie noch ihren rosa Morgenrock und immer Lockenwickel im Haar. Der Morgenrock gefiel mir sehr. Er hatte ein Muster aus großen roten Rosen und kam aus Amerika. Ihre Freundin war dorthin ausgewandert und schickte ab und an solch exotische Dinge.

Wenn meine Eltern ihre Ruhe haben wollten, durfte ich mich nicht mucksen. Wie stellten uns tot, damit sie denken sollte, wir seien nicht da. Dazu mussten wir im Wohnzimmer bleiben und die Tür geschlossen halten, denn Frau K. schaute durch den Briefschlitz, wenn wir nicht reagierten. Diese Aktion war besonders schwer, als meine kleine Schwester geboren war, die bei jedem Klingeln sofort die Wohnungstür aufriss.

Schweineschwanz und Pfoten

„Was essen wir heute?" – „Lass uns eine Pizza bestellen!" – Leider gab es das in meiner Kindheit nicht.

Essen lief damals entschieden anders als heute. Wir kannten keine Pizza, bis die ersten Italiener in den 60er Jahren als Gastarbeiter nach Deutschland kamen. McDonalds' gab es hier noch nicht. Wenn wir ganz was Verrücktes machen wollten, dann ließen wir uns gebratene Hähnchen kommen. Ansonsten aß man unter der Woche etwas Schnelles und am Wochenende Fleisch und Co. Schnelles war Kartoffelbrei mit Spiegelei, Kartoffelsalat und Würstchen, Milchreis mit Zucker und Zimt, Griesbrei mit Sauce, Nudeln mit Hacksauce, Reis mit Dosenrindfleisch oder Pfannkuchen. Festgerichte waren Kartoffeln oder Kroketten, Fleisch und Gemüse. Gemüse hieß Erbsen, Wurzeln, Bohnen oder Blumenkohl. Spannend war es immer, wenn es Huhn gab. Das Vieh kaufte man im Ganzen auf dem Markt. Zuerst musste man es ausnehmen. Leber, Herz und Magen waren die Ausbeute. Manchmal waren mehrere Eier darin. Dann zog man die restlichen Federn aus der Haut, hartnäckige Kiele wurden über der Gasflamme abgebrannt. Huhn erinnere ich noch heute als Gestank nach verbranntem Huf.

Dann gab es verschiedene Optionen. Meist wurde der Vogel gekocht und eine fette Hühnersuppe entstand. Das ausgelaugte Fleisch nahm man dann heraus und versetzte es mit gekochten Spargelspitzen aus dem Glas. Es wurde zu Ragout Fin, meist eine langweilige fade Pampe, das man in kleine Blätterteigtörtchen füllte und beides zu Reis aß.

Bei meiner Großmutter gab es ausschließlich traditionelle Gerichte. „Großen Hans" zum Beispiel, eine Art Kuchen zum Fleisch, der im Wasserbad gegart wurde. Es gab auch „Arme Ritter". Das waren alte Brötchenhälften, die in Milch und Ei gewendet und dann in der Pfanne gebraten wurden. Man streute Zucker und Zimt darüber und fertig war ein leckeres Essen. Oder wir aßen Steckrüben mit Schweineschwanz

55

und Pfoten. Die kleinen knorpeligen Wirbel der Schweineschwänze kauten wir Stück für Stück ab. Das war fett und süß und durchaus lecker. Imbissbuden gab es nur sehr wenige und wenn, dann hatten sie nichts außer Bratwurst und Kartoffelsalat. Pommes Frites waren noch nicht in Deutschland angekommen. Auch der Einsatz von Gewürzen war begrenzt. Pfeffer und Salz. Fertig. Mein Vater benutzte später Paprika und Curry – revolutionär! Dass jemand auf fettreduzierte Ernährung schaute, gab es nicht. Der Krieg lag noch nicht lange zurück. Es ging um ausreichend essen. Das Problem des Übergewichtes kannten wir nicht. Figur Probleme hatte man nicht.

Ganz im Gegenteil. Meine Mutter goss mir Sahne in die Milch, damit ich zunehmen sollte. Ich bekam auch Lebertran und Rotbäckchen Saft, in der irren Hoffnung, es rege meinen Appetit an. Meinen Eltern war ich einfach zu dünn. Dünn ist dünn. Nicht einmal magersüchtig, denn das kannten wir damals auch noch nicht.

Auch die Auswahl der alkoholischen Getränke war begrenzt. Wenn man im Restaurant ein Glas Wein bestellte, kam die Frage „rot oder weiß"? Tja. Und dann die Wahl. Diese Vielzahl an Weinen aus aller Herren Länder, die man heute auf den Weinkarten zu finden gewohnt ist, hat sich erst langsam aufgebaut.

Kinder, Kinder

In den 50er und 60er Jahren ging ein Kind nur dann in den Kindergarten, wenn seine Eltern beide berufstätig waren. Das kam aber nicht so häufig vor, denn der Stolz eines Mannes lag auch darin, dass er eine Familie ernähren konnte. Ehefrauen brauchten im übrigen noch bis in die 70er Jahre das OK ihres Mannes, wenn sie eine Stelle antreten wollten.

Mütter mit Kindern blieben also meist zu Hause. Darum hatte der Kindergarten auch nicht den besten Ruf. Er war sozusagen eine Notlösung und die, die dort hin mussten, taten uns Leid.

Mütter schoben mit ihren Kinderwagen durch die Parks. Sie trafen sich auf Parkbänken, hatten Strickzeug dabei oder auch ein gutes Buch. Ihre Zeit widmeten sie ihrem Nachwuchs. Und Zeit hatten sie, denn die Kinder waren neben dem Haushalt ihre einzige Aufgabe.

Kinder waren Kinder. Nicht mehr und nicht weniger. Sie wuchsen auf in der Familie. Sie lernten, wie der Hase im Leben läuft. Nicht etwa anders herum. Damals unvorstellbar, dass ein Kind, womöglich ein Kleines, das Familienleben durcheinanderwirbelt.

Chillen, die Hauptbeschäftigung der Kinder und Jugendlichen heute, war nicht bekannt. Langeweile auch nicht. Immer fand sich etwas zum Spielen. Das lag wahrscheinlich daran, dass wir keine Fantasie-Abschneider, wie Mobiltelefone hatten.

Bei schlechtem Wetter malten wir oder bastelten. Jungen spielten mit ihrer elektrischen Eisenbahn oder mit Baukästen. Ich zeichnete gern Mode und Kleidung. Die Papierkleider versorgte ich mit Laschen, die man an die so genannten Anziehpuppen anklammern konnte. Für meine Puppen nähte ich Garderobe aus Stoffresten. Da gab es die Anke, eine Puppe aus Bakelit und die Petra, die Puppe meiner Mutter. Sie hatte schwarzes Echthaar und einen Tonkopf. Petra hatte irgendwann schrecklichen Mundgeruch, weil ich sie mit Salmiakpastillen gefüttert hatte, die sich langsam zersetzten. Auch Modekataloge fertigte ich an. Aus mehreren Zetteln nähte ich ein kleines Buch, zusammen. Dann zeichnete ich Kleider hinein und beschrieb sie. Warum habe ich aus dieser Neigung nicht meinen Beruf gemacht, wo mich doch Kleider immer schon faszinierten?

Gummitwist

Bei Sommerregen tobten wir draußen herum, liefen barfuß und ließen Papierschiffchen schwimmen. Aufpassen musste man nur, dass ihre Reise nicht plötzlich zu Ende war, weil sie im Gulli verschwanden. Niemand wäre auf die Idee gekommen, uns hereinzurufen, damit wir uns nicht erkälteten. Irgendwann waren wir nämlich total durch, von den Haaren bis zur Unterhose alles nass. Aber egal! Krank wurden wir nicht. Wir waren ja immer draußen und die Abwehrkräfte taten ihren Dienst.

Wenn ich nicht meine Schul-Freundinnen besuchte, traf ich mich mit Kindern aus der Gegend nach der Schule zum Spielen auf der Straße. Oder man klingelte an der Wohnungstür; meist öffnete die Mutter. „Kommt Ulla raus?" „Ulla muss noch Hausaufgaben machen. In einer halben Stunde kommt sie."

Wir kannten viele Spiele und wir hatten auch den nötigen Platz dafür. Seilspringen – das konnten wir alle. Meist nutzten wir ein Stück Wäscheleine. Manche hatten sogar ein fertig montiertes Seil, mit bunt bemalten Holzgriffen an den Enden. Wir beherrschten die unterschiedlichsten Sprünge. Meist ging es darum, am längsten ohne anzuhaken durchzuhalten. Seilspringen konnte man auch in Gruppen. Zwei schleuderten ein langes Seil und die anderen liefen unterdurch oder sprangen hinein. Teddybär, Teddybär, dreh dich um,.. Wer sich verhaspelte, musste ausscheiden.

Zwischen den Kopfsteinen des Pflasters auf der Fahrbahn waren die Fugen damals so breit, dass sie sich, wenn man den Sand herausprökelte, zum Tippel-Tappel eigneten, einem Spiel mit zwei Mannschaften, die Läufer und die Fänger. Der Läufer, der an der Reihe war, steckte einen Schlagstock unter den Tippel und schnippte ihn möglichst geschickt hoch, um ihn dann aus der Luft mit dem Schläger so weit wie möglich ins Feld zu schlagen. Während der Klotz flog, rannte ein Läufer um das Spielfeld. Ziel war, möglichst weit zu kommen, bevor einer der Gegner den Klotz zurück zum Abschlag gebracht hatte. Ich liebte Tippel-Tappel, denn ich war eine schnelle Läuferin. Ein raumgreifendes Spiel, das aber gut möglich war, denn Autos gab es in den 50er Jahren noch sehr, sehr wenige.

Wir spielten auch Räuber und Gendarm, was wir aber lässig Räuber und Schandi nannten. Eine Gruppe – wir waren immer sieben bis zehn Kinder – durfte sich verstecken, die anderen schwärmten aus, nachdem sie bis 100 gezählt hatten, –eins-zwei-drei für Eckstein, alles muss versteckt sein! - um sie zu suchen. Ich war lieber bei den Schandis, denn in einem Versteck zu hocken und dort aufgestöbert zu werden, war mir immer unangenehm. Diese Spannung des Wartens auf das Entdecktwerden, auf den Moment, wenn jemand um die Ecke schaute und „hab dich!" schrie, konnte ich kaum ertragen.

Wir gruben kleine Kuhlen ins Erdreich und kullerten von einer Startlinie Murmeln hinein. Im Wechsel näherte man sich dem Loch. Zum Anschubsen der kleinen Kugeln winkelte man den Zeigefinger an. Wer die letzte hineinbrachte hatte verloren und musste an den Gegner mit Murmeln bezahlen. Es gab Kleine aus Ton, die wenig Wert waren, und Glaskugeln verschiedener Größe mit bunten Einschlüssen. Die gab man ungern her.

Messerstechen war auch sehr beliebt. Man warf ein Taschenmesser in ein Feld auf dem Boden. Die Stiche mussten dicht bei dicht sein. Nur dann durfte man sie zu einer Linie verbinden und auf diese Weise Land erobern. Fiel das Messer um, war der nächste an der Reihe und man bekam nichts. Wer am meisten Land erobert, das Feld also gewonnen hatte, war Sieger.

Als Grundschulkinder tauschten wir Oblaten. Das waren Blumenmotive und Kinderbildchen mit Silberstreuseln beklebt. Man steckte diese Oblaten in ein Schulheft. Dazu faltete man die Seiten, indem man sie zur Hälfte bis zur Mitte einknickte. Manche Fächer blieben frei, die Mitte hatte zwei davon. Mit einer Oblate stach man dann in das Heft einer Mitspielerin. Hatte man ein Fach mit Inhalt erwischt, durfte man diesen behalten. War das Fach leer, musste man sein Bildchen hineinlegen.

Probe hieß es, wenn wir zwei oder drei Bälle gegen die Hauswand warfen, Jonglieren mit Wand, sozusagen.
Dabei sangen wir Reime oder erhöhten die Schwierigkeit des Fangens durch akrobatische Übungen, während die Bälle flogen. Am besten funktionierten Tennisbälle. Sie hatten das nötige Gewicht um sie präzise zu platzieren und die Flugdauer zu berechnen und durch die Filzoberfläche auch eine günstige Rutschfestigkeit.

Wenn wir ausreichend Pfennige hatten, damals die kleinste Währung – hundert kamen auf eine Deutsche Mark, spielten wir Ditschen. Aus 2-3 Meter Entfernung warf man Münzen in Richtung Hauswand. Der, der am dichtesten lag, durfte den gesamten Einsatz einstreichen. Das war im Prinzip so, wie heute das Putten auf dem Golfplatz. Der Geschickteste locht zuerst ein. Da reicht das Dichteste allerdings nicht.

Später spielten wir Gummitwist. Ein ca. 3 m langer Schlüpfergummi wurde zum Kreis verknotet. Zwei Spielerinnen stellten sich gegenüber in diesen Kreis und hielten den Gummi mit ihren Füßen gespannt. Nun musste eine Dritte verschiedene Figuren mit, auf und unter dem Gummi ausführen, ohne sich zu verheddern.

Manchmal hingen wir auch einfach nur kopfüber an irgendeiner Teppichstange auf einem der Hinterhöfe und erzählten uns Geschichten. Teppiche wurden damals regelmäßig über diese Stangen geworfen und mit Klopfern aus Rohr bearbeitet. Einen Staubsauger hatten wir noch nicht.

Es gab noch Platz zum Fußballspielen
Vorn schräg und hinten gerade

69

Kleidung als Statuswettbewerb, wie ihn Kinder heute austragen, gab es in den 1950er Jahren nicht. Wir Kinder zogen uns morgens etwas Sauberes an, meist etwas Praktisches. Gedanken, dass jemand anderer dazu etwas Abfälliges sagen könnte, kamen einem nicht. Kleine Mädchen trugen zwischen 1950 und 1960 Kleider, Faltenröcke – meist mit Schottenmuster – und Jacken. Die meisten hatten im Winter lange Wollstrümpfe an, die jämmerlich kratzten. Die Dinger wurden an einem Leibchen, einer Art Bustier, mit Leinenknöpfen festgemacht, so dass man die ganze Zeit und bei jeder Bewegung einen leichten Zug spürte. Hatte man irgendwo längere Zeit gekniet, was Kinder ja beim Spielen gerne tun, fingen die Knie bald fürchterlich an zu jucken.

Frauen trugen Kleider, Schneiderkostüme oder weitschwingende Röcke aus bedruckten Baumwollstoffen. Kunstfasern wie Trevira oder Nyltest wurden erst viel später erfunden. Fotos meiner Mutter zeigen sie in

Kleidern, die von Dior hätten sein können. Wunderschön! Damals war man erst richtig angezogen, wenn man den passenden Hut zur Garderobe trug und wenn möglich auch Handschuhe. Heute trauen sich nur wenige Frauen, Hut zu tragen. Es ist eben nicht mehr üblich. Nur junge Leute tun es, aber eher als Kostümierung, weil sie irgendwelchen Trendsettern nacheifern. Ich hingegen liebe Hüte! Sogar beim Golf trage ich statt Cap einen Hut. So ein Ding schmückt ungemein und wenn er dann noch aus edlem Material ist, wow!

Erst nach 1960 orientierte sich auch die einfache Frau intensiv an Mode. Trends kamen aus USA, aus England und Frankreich. Versandhäuser verschickten dicke Kataloge. Diese Trends wurden zum Modediktat. Must-Haves bestimmten von da ab den Kleiderschrank.

Bis 1960 waren auch die Frisuren noch ziemlich unspektakulär. Viele Mädchen trugen geflochtene oder offene Zöpfe oder Pferdeschwanz. Andere hatten einen Pagenkopf oder auch Kurzhaarfrisuren. Aus eigener Erfahrung kann ich sagen, dass damit für Kinder kein großes Bohai gemacht wurde. Ich bekam 2 DM in die Hand mit der Botschaft an den Friseur „Bitte vorn schräg und hinten gerade." Jedes Mal kam zuverlässig die gleiche, langweilige Frisur heraus. Nie werde ich das vergessen: Vorn schräg und hinten gerade!

Erwachsene Frauen trugen das Haar gelockt. Wer da nicht mitkonnte, weil sein Haar leider die nötigen Locken vermissen ließ, ließ sich Dauerwellen beim Friseur machen. Dazu wurde das Haar dicht an dicht auf ganz kleine Rollen gedreht und mit einer speziellen Flüssigkeit benetzt. Diese Chemie löste die Haarstruktur auf und „verbog" das Haar zu kleinen Locken. Nach ausreichender Einwirkzeit wurde die Flüssigkeit ausgewaschen und das Haar auf normale Wickler gedreht und getrocknet. Diese Lockenwilligkeit war dann über Monate haltbar. Meine Mutter, Jahrgang 1929, führt noch heute einen Terminkalender, der genau ansagt, wann die nächste Dauerwelle ansteht. Ich kenne keine anderen Frauen, die noch diese Chemie-Tortur mit ihrem Haar aufstellen lassen. Die meisten Friseure bieten sie gar nicht mehr an. Mit meiner alten Dame stirbt wohl auch die Dauerwelle.

Meine wunderschöne Mutter

Supermarkt und Co

Es war die Aufbauzeit nach dem Krieg. Langsam be-rappelte sich das Land. Das so genannte Wirtschafts-wunder begann. Angebot und Konsum wuchsen. In vielen Familien ging es nun darum, was man anschaf-fen konnte, was man sich leisten konnte.

Obwohl es uns einfachen Familien finanziell noch nicht wirklich rosig ging, kamen wir zurecht. Meine Eltern waren immer äußerst sparsam und wirtschafte-ten korrekt. Niemals hätten sie Schulden gemacht, niemals haben sie etwas auf Kredit gekauft. Wenn sie später neue Autos kauften, bezahlten sie bar. Man stelle sich das heute vor!

Eine Freundin meiner Mutter arbeitete damals bei C&A. Sie kam günstig an Kleidung heran. Ich trug auch Kleider ihrer Tochter nach, die zwei Jahre älter war. So sparte meine Mutter Geld. Später sollte ich selber nähen. Da konnte ich mir die tollsten Sachen machen, die mich wenig kosteten. In dieser Zeit entstand das Urteil von Mitschülerinnen „immer vom Feinsten, die Dame". Sie wussten ja nicht, dass meine Garderobe nicht aus dem Modehaus, sondern aus meiner Nähmaschine stammte.

Ich greife vor. Zurück in die 1950er. Als mein Vater durch Vermittlung eines Bekannten bei einem großen Elektrokonzern Arbeit fand, war eines Abends die Aufregung groß. Er brachte einen weinroten Hand-Staubsauger mit! Den hatte er im Personalkauf günstiger bekommen. Ansonsten wäre eine solche Anschaffung wohl nicht drin gewesen.

Der Lohn wurde damals jeden Freitag ausbezahlt. Dann brachte er mir immer eine kleine Tafel Schokolade mit. Ich liebte die Freitage.

Wenn ich zum Monatsende für meine Oma zum Kaufmann gegenüber ging, sagte sie schon mal „Bitte ihn, dass er es anschreibt. Ich zahle nächste Woche."

Das war nicht peinlich, denn vielen ging es so wie ihr. Der Kaufmann trug dann die Summe in ein Buch ein und man bezahlte, wenn man wieder bei Kasse war. Grundnahrungsmittel wurden genau abgewogen. Nicht selten kaufte ich ½ Pfund Zucker oder auch ¼ Pfund Butter. Die Lebensmittel lagerten in großen Schubladen und wurden in dreieckige Papiertüten abgefüllt. Milch kaufte man beim Milchmann. Wir brachten unsere Aluminium-Milchkanne mit, die hier befüllt wurde. Dort gab es außer Milch nur Käse und Quark. Den Quark machte er selbst, indem er auf dem Hof Milch in großen Kannen vergären ließ.

Immer steckten die Kaufleute uns Kindern zum Abschied ein Bonbon zu. Sie waren meist auch am Wochenende im Laden erreichbar. Man konnte am Sonntag klopfen und man bekam, was man brauchte, obwohl das eigentlich verboten war. Supermärkte gab es erst viele Jahre später. Die ersten waren kleine Geschäfte – Discounter – nannten sie sich, wo die Kunden selbst Waren aus Pappkartons nehmen durften.

Eine kleine Sensation! 1960 kamen die Edeka- und Spar-Märkte auf. Sie waren nicht nur preisgünstig, sie gaben auch Rabattmarken für die bezahlten Einkäufe aus, die man in kleine Heftchen klebte. Wenn eines voll war, zahlte die Kassiererin einem einen bestimmten Betrag in bar aus.

Arbeiter-Kind

Ich erinnere mich, dass ich schon als Kleinkind gern in die Schule gehen wollte und sehr neidisch auf die Kinder war, die schon 6 Lenze zählten und morgens mit ihren Schulranzen an meinem Fenster vorbeizogen. Es kam wie ein Unglück über mich, als ich erfuhr, dass ich aufgrund meines Geburtsdatums noch ein Jahr warten musste und erst mit 7 Jahren eingeschult würde. Ich scharrte sozusagen schon mit den Hufen, als es endlich soweit war.

Eingeschult wurde man früher ausschließlich in die Schule, die dem betreffenden Wohnort und der Straße zugeordnet war. Ausnahmen gab es nicht. Ich war traurig, denn ich hatte gedacht, in die Schule gleich gegenüber zu gehen. So musste ich einen Kilometer laufen. Wie sich herausstellte, war das ein großes Glück, denn auf diese Weise änderte sich mein schulisches Umfeld total. Ich kam also 1957 in die

Schule, die die Kinder der „besseren Gesellschaft" be-
suchten. Das sollte mein Leben prägen.

Lernen war für mich kein aufregendes Thema.
Ich war von Beginn an eine sehr gute Schülerin. Das
lag wohl auch daran, dass meine Eltern mich förderten
und bei aller Strenge sehr ernst nahmen. Es wäre mir
nicht eingefallen, zu faulenzen oder meine Pflicht nicht
zu erfüllen. Überhaupt gab es auch gar keine Alterna-
tiven.

Besonders gut war ich im Sport, denn 3-4
Mal/Woche ging ich zum Ballett- und Turntraining in
einem Turnverein. Aber auch in den anderen Fächern
lief es problemlos. Ich erinnere mich, dass wir drei
Mädchen waren, die einander die Zensurenspitze strei-
tig machten. Zwischen uns gab es einen nicht ausge-
sprochenen Wettbewerb. Doof fand ich, dass eine auch
noch den gleichen Vornamen hatte wie ich. Unser
Klassenlehrer kürzte zu seiner Erleichterung Vor- und
Nachnamen ab. So gab es eine Karin Lu und eine Karin
Le. Während der 4. Klasse überredete er meine Eltern,

mich auf das Gymnasium wechseln zu lassen. Meine Mutter meinte, es reichte, wenn ich die Mittelschule besuchte, aber mein Lehrer war anderer Ansicht.

An dieser Stelle nahm mein Leben eine andere Richtung, als in unseren Kreisen üblich. Mein Grundschullehrer war für mich ein großer Glücksfall. Mein Vater auch. Was ihm verwehrt gewesen war, wollte er mir zukommen lassen. So nahm ich eine Woche lang an der Aufnahmeprüfung des Gymnasiums für Mädchen teil. Das war aufregend! Wir Viertklässler tobten im Schulgebäude herum, ich brach mir fast die Nase, den Unterricht nahmen wir nicht ernst, dass dort zur gleichen Zeit gerade Abitur – was war das? – geschrieben wurde, auch nicht. So ergab es sich, dass ich nur ganz knapp die Zulassung bekam. „Ihre Tochter ist nicht sehr begabt," meinte Frau Dr. R. und verzog leicht angewidert das Gesicht. „Ach", sagte meine Mutter, „sie ist Klassenbeste und hat eigentlich nur Einsen im Zeugnis. Das sollte doch wohl reichen, was denken Sie?" „Sie muss sich benehmen lernen, sonst wird das hier nichts", war die nicht sehr freundliche Antwort. Ich war sehr gut erzogen, nur hatte ich diese Woche eben nicht ernst genommen. Alles war so spannend gewesen. Dass ich viel bessere Ergebnisse hatte, als meine Freundinnen, die allesamt aus wohlhabenden Familien kamen und in der richtigen Gegend wohnten, ignorierte Frau Dr. R.. Ich war ein Arbeiterkind, eine satte Ausnahme, und passte nicht in ihre Schule.

Mutter geht arbeiten

Irgendwann begann meine Mutter, die gelernte Fachverkäuferin für Handschuhe war, wieder zu arbeiten. Das musste sein, wenn wir uns etwas anschaffen wollten. Zuerst hatte sie eine Anstellung bei Woolworth, später bei Karstadt, allerdings nun in der Strumpfabteilung. Das war eine sehr anstrengende Tätigkeit. Sie musste den ganzen Tag stehen. Verkäuferinnen durften sich nicht setzen. Kaufhäuser schlossen damals um 18 Uhr. So musste ich nach der Schule zu meiner Großmutter gehen, die inzwischen umgezogen war. Das war für kleine Kinderbeine ein ziemlicher Weg. Dort bekam ich Mittagessen und hatte mein anderes Leben. Ein Erlebnis werde ich aus dieser Zeit nie vergessen.

Eines Nachmittags sahen wir aus dem Fenster und warteten auf meinen Opa, der wie fast jeden Vormittag bei Hugo war, eine Kneipe, in der er sich mit

Freunden traf. Wir hatten uns Kissen unter die Ellenbogen gelegt, damit es gemütlicher war und schauten hinaus, redeten über die Leute, die wir vorbeigehen sahen, und erwarteten, dass Opa gleich um die Ecke biegen würde. Plötzlich ging das schräge Dachfenster im Haus gegenüber auf. ich sah genau hin, denn es wunderte mich, dass Frau M. beim Fensterputzen so weit herausschaute. „Oma, schau, die Frau M. – sie steigt auf das Dach!" Und tatsächlich quälte sich die korpulente alte Frau aus der Dachgaube. Dann rutschte sie auf dem Hinterteil die Dachziegel hinunter bis zur Regenrinne, richtete sich auf, breitete die Arme weit aus und ließ sich vom Dach fallen. Meine Großmutter fand mich danach zitternd hinter der Nähmaschine am Ende des Zimmers wieder. Ich war total verstört und konnte nicht begreifen, was ich gesehen hatte. – Und das kann ich bis heute nicht. Dennoch kann ich die Frau heute gut verstehen. Sie hatte Krebs. Jeder sollte selbst bestimmen können, wann er

geht. Das könnte schöner ablaufen, als sich vom Dach
zu stürzen.

Was bleibt?

Wie Kinderfüße im Schnee
sind unsere Eindrücke auf dieser Erde
– nicht von Dauer

Wie Wellen auf dem See
verlaufen sich unsere Taten
im Nichts

Was bleibt
fragst du dich
von dir?

Wie andere dich erinnern
wenn du gegangen bist.
– Das.

Ich kannte bald alle die Kinder, die dort in der Gegend wohnten, und spielte mit ihnen. Nicht selten schaute meine Oma aus dem 2. Stock zu. Ich rief dann gern hinauf „Oma, kann ich ne Scheibe haben?" ‚Ne Scheibe' war eine Scheibe Graubrot mit Butter und Erdbeermarmelade. Meine Großmutter verschwand dann für Minuten vom Fenster, schmierte die Scheibe und wickelte sie in Butterbrotpapier ein. Dann warf sie das Paket kurzerhand aus dem Fenster. Ich ließ es auf den Boden aufprallen. Das war immer besser, als es aufzufangen, denn nach dem freien Fall aus dem 2. Stock war es beim Fangen jedes Mal Matsch.

Gegen Abend holte mein Vater mich ab. Dann hatten wir einen Kilometer-Spaziergang bis nach Hause vor uns. Nach dem Abendbrot durfte ich um 19:10 Uhr die Gute Nacht Geschichte im Radio hören, bevor ich ins Bett ging. – Was sagen einem Kinder, die heutzutage um 19:20 Uhr ins Bett sollen? – Fernsehen gab es bei uns noch nicht. Ein paar Jahre später, als Bekannte einen dieser Apparate bekamen, durfte ich sonntags manchmal zu ihnen kommen. Dann sahen wir amerikanische Serien wie „Lassie", Geschichten um einen Collie oder „Fury", die gleichen Stories, nur um ein superkluges schwarzes Pferd. Es gab nur einen Sender, das erste Deutsche Fernsehen. Das Programm begann um 17 Uhr und endete täglich um 22 Uhr. Jahre später kam dann erst das zweite Deutsche Fernsehen dazu. Eine Sensation! Dementsprechend sahen auch die Programmzeitschriften aus. Sie bildeten das gesamte Radioprogramm ab.

Sonntagmittags durfte ich manchmal ins Kino gehen. Dann liefen für 50 Pfennig Eintritt Filme wie „Sindbad, der Seefahrer" oder „Aladins Wunderlampe". – Total spannend!

Storch, Storch, bester...

1959 bekamen wir unser erstes Auto Es war ein Lloyd 500 von Borgwarth. Ein Auto mit Zweitaktmotor ohne Kofferraumklappe. Der Rumpf (würde man bei einem Schiff sagen) war beige, das Dach blau. Dieser kleine Wagen, dessen Höchstgeschwindigkeit äußerst überschaubar war, ermöglichte uns Ausflüge aufs Land und machte unser Leben bunter. Ein paar Jahre später tauschten wir das Fahrzeug gegen einen Lloyd 600 in Curryfarbe. Der hatte eine Tür zum Kofferraum und war auch schneller.

Ich besuchte die dritte Klasse, als meine kleine Schwester geboren wurde. Schon lange hatte ich mir ein Geschwisterchen gewünscht. Hatte sogar Zucker für den Storch auf die Fensterbank gelegt und so manches Mal gesungen „Storch, Storch, bester, bring mir ne kleine Schwester!" Meine Mutter sagte später immer, sie habe sich dieses Kind herangeguckt. In einem Kinderwagen hatte sie ein süßes Baby gesehen. Das war für ihren Zyklus offenbar eine Einladung gewesen. Eigentlich wollten meine Eltern kein weiteres Kind, aber da es nun schon einmal unterwegs war.. Die Kleine war nicht ganz leicht zu handeln, aber hübsch war sie mit ihrem langen, dunklen Haar! Ich hatte das Baby sehr gern. Nur, wenn ich es spazieren fahren musste, entwickelte ich andere Gefühle. Ich war neun Jahre alt und hatte meine eigenen Vorstellungen meines Tagesablaufes. Besonders Heilig Abend, wenn ich erst um 16:00 Uhr wieder nach Hause durfte, weil die Eltern schlafen wollten, war bitter. Dann schob ich mit dem Kinderwagen und eiskalten Fingern eine um die andere Runde, manchmal bis zu zwei Stunden, um den Häuserblock. Immer wieder schaute ich auf die große Kirchturmuhr. Nie vergingen die Minuten so langsam wie an Heiligabend. Ich habe den Eindruck, dass es damals viel kälter war, als heute. – Ja, und dann endlich nach Hause. Gemeinsam hatten meine Eltern inzwischen den Baum geschmückt. Kleine Pakete lagen darunter. Auch der Baum war klein. Ich holte meine

Bastelarbeiten, die ich für die Eltern angefertigt hatte. Was sollte man als Kind sonst schenken? Etwas Selbstgemachtes natürlich. Ich weiß nicht, wie viele Paar Topflappen meine Mutter im Schrank stapelte. Ich häkelte sie von Jahr zu Jahr aus weißer Baumwolle mit anders farbiger Kante. Auch bestickte Tischdecken hatten wir inzwischen reichlich. Ich nähte auch Loch-stickerei und Hohlsaum. Das dauerte zwar lange, sah aber toll aus. Sogar eine Schürze hatte ich meiner Mutter einmal gemacht.

Garne und Stoffe kaufte ich gleich nebenan in einem Kurzwarengeschäft. Zu der Zeit gab es dort auch Knöpfe, Garne, Strickwolle, Gummibänder, etc. Später nahm die Besitzerin noch Damen Bekleidung in ihr Angebot auf. Die war für unsereinen allerdings unerschwinglich.

Manchmal flocht ich auch kleine Obstkörbe oder rollte Kerzen aus Bienenwachsplatten..

Irgendwie klingt das heute alles sehr schlicht, aber damals war es großartig.

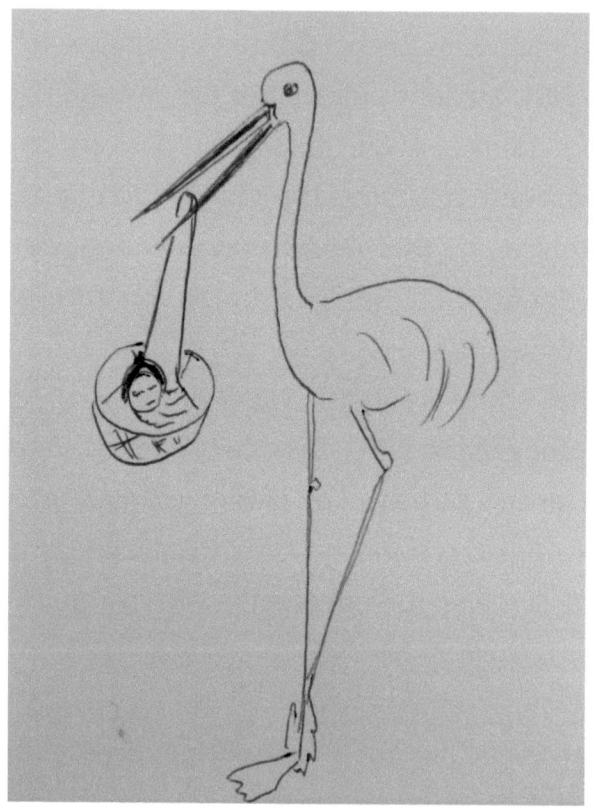

Die Räbin lernt ihre Rolle

Die meisten Nachmittage verbrachte ich bei meinen Schulfreundinnen zu Hause. Ich staunte über soviel Platz und genoss die Gärten, die großen Räume und breiten Treppenhäuser der Villen. Auch die antiken Möbel und Perserteppiche sprachen mich an. Zu Hause hatten wir auch einen Teppich, aber irgendwie sah der anders aus. Im Gegensatz zu meiner eigenen, bekam ich die Mütter meiner Freundinnen wenig zu Gesicht. Was die Damen des Hauses trieben, war mir nicht klar. Natürlich waren sie beim Tennis oder im Reitstall. Golf war damals noch nicht verbreitet. Berufstätig waren sie jedenfalls nicht, außer der Mutter einer Freundin, die Zahnärztin war. Meine beste Freundin kam so manchen Morgen vor der Schule über einen Kilometer zu Fuß zu uns und holte mich ab. Warum? Bei uns gab es Frühstück mit besonderem Belag – Negerkuss-Brötchen! Ihr Kindermädchen verschlief gern die Zeit, die Mutter stand nicht vor 10:00 Uhr auf. So gab es dort eben manchmal morgens nichts zu essen. Ich lernte viel in dieser Zeit durch Abgucken. Die geschmackvollen Häuser, das Auftreten der Eltern und auch die Feiern, zu denen ich eingeladen wurde, prägten mich. So wollte ich auch leben. Das war als Zehnjährige meine tiefe, innere Überzeugung. Ich redete nicht darüber, denn es war mir so klar, wie Morgen und Abend. Wenn ich es recht bedenke, begann ich schon mit 10 Jahren die Rolle zu üben, die ich später vervollkommnen und ein Leben lang nicht mehr ablegen sollte. Max Frisch schrieb ein Buch mit dem Titel „Mein Name sei Gantenbein". Darin geht es um eben dieses Thema. Jeder von uns spielt eine Rolle für sich und die anderen. Es ist nur nicht jedem bewusst. Wichtig auch, dass man überzeugend ist und die anderen sie glauben und nicht in Zweifel ziehen. Ich war äußerst anpassungsfähig und sehr aufmerksam. So lernte ich in diesen Kreisen das, was ich später brauchte. Hinzu kam, dass ich bescheiden und klug war. Offensichtlich war ich erwünscht. Ein großes

Glück für mich. Wieder verlief mein Leben anders, als in unseren Kreisen üblich.

Unabhängig davon, hatte ich schon immer das Gefühl, anders zu sein. Anders in der Form, dass ich mich unter den Menschen allein fühlte. Das Bild, das ich im Kopf habe, ist ein einziger Rabe, der krächzend unter tausenden von gurrenden Tauben herumstolziert. Die Tauben kommunizieren miteinander, er aber spricht eine andere Sprache. Raben sind klug und schillernd. Mystische Vögel. In meinem Gefühl überwog jedoch nicht die Schönheit und Klugheit, sondern die Einsamkeit. Ich bin eine schwarze Räbin – bis heute.

Später fühlte ich mich oft sehr unsicher, so wie die Jüngste und Dümmste unter allen Erwachsenen. Ich denke, damit oute ich mich jetzt. Aber heute kann ich es zugeben. Als Bildungsexpertin habe ich interessante Menschen kennengelernt, sei es bei Vorträgen, in Fernsehsendungen oder bei der politischen Arbeit.

Die Eindrücke, die ich gewonnen habe, sorgten auch für ein gewisses Maß an Abklärung und bewahrten mir meine Bodenhaftung. Auch Politiker und Schauspieler, Fernsehstars und berühmte Journalisten kochen nur mit Wasser und tragen Unterhosen. Ich bin gelassen im Umgang mit ihnen. Die meisten sind total „normal", wie du und ich. Sie machen auch nur ihren Job oder spielen eben ihre Rolle. Meine Kindheit hat mir das Rüstzeug gegeben für mein Erwachsenenleben. Meine Eltern haben mich sehr dabei unterstützt. Wenn man ein Thema beherrscht, etwas zu sagen hat, interessiert es nicht, ob einer zuhört oder 4 Millionen. So habe ich Einladungen Vorträge zu halten immer gern ange-nommen. Auch die Teilnahme an Talkshows oder Radi-osendungen war jedes Mal wieder spannend. Erfah-rungen, die mir meine Rolle gespiegelt haben. Die Rol-le, die die Räbin für die Gesellschaft ausfüllt. Nach jeder Sendung habe ich mir den Mitschnitt angesehen, um mich zu kontrollieren und für das kommende Mal daraus zu lernen. Selten war ich mit mir zufrieden.

Das hat vielleicht damit zu tun, dass ich nicht aus dem „richtigen Stall" komme. Kinder der Oberschicht haben meist von Geburt an ein gesundes Selbstwertgefühl, das eine gute Basis ist. Unsereiner strengt sich an um keine Fehler zu machen.

Regeln

Jede Gesellschaft hat Regeln und Gesetze. Manche Regeln gelten, obwohl sie nie jemand zu Papier gebracht
hat. Dazu gehört auch die Moral. Diese ist von Gesellschaft zu Gesellschaft und in verschiedenen Kulturkrei-
sen äußerst unterschiedlich. Dabei sind Regeln nicht
nur Einschränkungen, sie geben auch Halt.

Unser Familienleben war geprägt von solchen
Regeln und total durchstrukturiert, obwohl meine
Schwester, neun Jahre jünger als ich, für genügend
Aufregung sorgte. Ich war ein artiges Kind und habe
die Vorgaben meiner Eltern als Kind nie in Frage gestellt. Absprachen mussten eingehalten werden. Es
wäre mir nicht eingefallen, das nicht zu tun! Eine dieser Regeln lautete „Wenn die Laternen angehen, hast
du zu Hause zu sein." Damals brannten noch Gaslater-
nen in den Straßen. Wir hatten keine Mobiltelefone,
unsere Eltern konnten uns nicht erreichen. Also: Die

Absprache. Wenn ich irgendwo spielte und es schummerig wurde, machte ich mich auf den Weg, wenn nötig auch mit einem Spurt. Es passierte wenig auf den Straßen. Man wusste von klein auf, dass man mit keinem Fremden mitgehen durfte und Polizisten waren freundliche Männer, die man um Hilfe fragen konnte. In Hamburg hießen sie Schupos (Schutz-Polizisten) und sie trugen hohe, spitz zulaufende Helme zu ihrer dunkelblauen Uniform. Erwachsene schauten damals mit darauf, dass Kindern nichts passierte. Fremde sagten ihre Meinung, beriefen Kinder und die spurten, hatten deren Respekt, allein, weil es Erwachsene waren. Man denke sich das heute, wo man schon von Grundschülern hört „Was wollen Sie denn? Sie haben mir gar nichts zu sagen!"

Regeln galten auch für Stresssituationen. Kinder geraten einander immer mal in die Haare. Besonders Jungen kämpfen solche Zwiste gern unter Körpereinsatz aus. Prügeleien und Rangeleien sind in solchen Fällen normal, auch wenn mal eine Nase blutet. Regel ist und war aber, den Unterlegenen in Ruhe zu lassen, wenn er aufgab oder am Boden lag. Diese Fairness vermisse ich heute. Die Brutalität hat unter Jugendlichen extrem zugenommen. Heute ist häufiger das Wort „Gewalt" angebracht.

Was man tut und was nicht – Moral – war uns damals völlig klar. Und wenn nicht, wurde es uns klar gemacht. Ich hatte in der vierten Klasse auf einen kleinen Zettel geschrieben „Roswita liebt Klaus." Den steckte ich Roswita in ihre Schultasche, denn ich wollte sie necken. Dazu muss man wissen, dass wir aufgeteilt waren in Jungenklassen und Mädchenklassen. Koedukation war noch nicht so in. Klaus war zehn Jahre alt und natürlich in der Jungenklasse. Erschwerend kam hinzu, dass wir Mädchen ihn alle süß fanden. Klaus war blond und fuhr ein Bronco-Fahrrad mit einem bunten Wimpel am Gepäckträger. Das war das Größte! Roswita, ich hasste sie dafür, petzte bei unserem Klassenlehrer, dass sie so einen Brief bekommen hätte. Herr S. war recht streng und unbeweglich und forschte, wer den denn wohlgeschrieben hätte. Ich gab es zu, weil mir nichts anderes übrig blieb. „Du?", staunte er, „dass hätte ich von dir nicht gedacht! Schäme dich! – Du wirst dich für diese Unverschämtheit bei Roswita entschuldigen." Da kam ich nicht raus, aber seit dem hatte Roswita gänzlich bei allen verschissen.

Körperliches, wie Rumknutschen in der Öffentlichkeit oder womöglich mehr, war unvorstellbar. In der Nachbarschaft wohnte ein junges Mädchen, Anne. Sie war 16 und ging mit Rolle, einem Knaben von 17 Jahren mit wunderbarer Rockn'Roll Frisur. Das allein war für uns Kinder schon eine Sensation. Aber als Anne schwanger wurde, drehten alle durch. Die Eltern verurteilten sie als Schlampe, wir Kinder übernahmen vieles dieser Moralvorstellung. Woher sollte auch eine andere kommen? Die beiden jungen Eltern mussten heiraten und standen mit ihrer Tochter trotzdem außen vor. So etwas tat man nicht, als anständiges Mädchen. – Ich bin allerdings sicher, dass viele so etwas taten, aber die hatten einfach nicht das Pech, dass es jemand mitkriegte. Anne und Rolle zogen weg aus der Gegend.

Ordnung – innen und außen, das war die Ansage damals. Ordentlich musste ein Mädchen sein. Das galt als Tugend. Ordentlich waren auch die Frisuren. Kein Haar rührte sich. Alle lagen hübsch nebeneinander, bei Jungen gern auch mit Pomade festgematscht. Anständig war man. Man machte nicht mit dem anderen Geschlecht herum oder drückte sich in Ecken.

In der vierten Klasse machte wir eine Reise in ein Kaff, gerade mal 15 Kilometer von Zuhause. Das war eine große Sache. Mitten im Wald wohnten wir in einem Fachwerkhaus. Meine Mutter hatte mich ermahnt: „Leg deine Pullover alle schön auf Bruch, damit dein Schrank anständig aussieht." Am ersten Abend schrieben wir alle eine Karte an unsere Eltern. Ich schrieb:

Liebe Mami,

alle Sachen habe ich auf Bruch gelegt. Mach dir keine Sorgen. Deine Tochter.

Herr S. kontrollierte die Karten (!) und fragte nach „Was soll das heißen <auf Bruch>?" Ich erklärte ihm, dass man die Wäsche so faltete, dass alle Teile die gleiche Breite hätten und die vordere Kante der Knick oder Bruch schön sauber übereinander liegen müsse. Hätte ich damals zur Bundeswehr gemusst, ich hätte gewusst, wie ein Spind auszusehen hatte.

Im Wald spielten wir gern. Unsere Phantasie schlug teilweise Kapriolen. Als wir rostigen Draht fanden, – total unordentlich – erzählten wir, dass es sich bestimmt um blutige Schlingen handelte. Wir erfanden den Wilderer Herrn Grummel. Von da an sahen wir ihn überall. Huuu, war das spannend. Immer hatte ihn jemand hinter einem Busch entdeckt, leider immer gerade dann, wenn niemand anderer anwesend war! Es waren spannende Tage dort in der Heide. Es musste für uns nicht Spanien oder Italien sein.

Jungfernzwinger

Während in Hamburg heute über 50% der Grundschüler nach Klasse vier auf ein Gymnasium wechseln, war diese Zahl damals nicht groß. Viele gingen nach Klasse sechs auf die Mittelschule, andere blieben neun Jahre auf der Volksschule. Dazu muss man wissen, dass damals auch Volksschüler in der Schule lernten. Ihre Ergebnisse ließen sich mühelos mit einem gute mittleren Lernniveau heute vergleichen.

Aus meiner Grundschulklasse hatten 19 Schülerinnen die Aufnahmeprüfung für das Gymnasium gemacht und 19 bestanden. Das lag nicht zuletzt an dem hervorragenden Einzugsgebiet. Zum größten Teil kamen die Schülerinnen aus dem Villenviertel. Nur wenige wohnten, wie ich, jenseits einer Straße, die die Grenze zur feinen Gegend bedeutete. Wir wechselten in einem Schwung alle an die gleiche Schule, das

Gymnasium für Mädchen. Im Ort hieß es auch „Jungfernzwinger". Die Herrschaft dort hatte Frau Dr. R..
Zum Glück hatte ich mit ihr nach der Aufnahmeprüfung nichts mehr zu tun. Es war eine schöne Zeit für
mich. Ich lernte ja gern. Andere sahen das vielleicht
ein wenig anders. Natürlich gab es erst einmal Geran-
gel um die Führungsposition im Hühnerhaufen. Anfüh-
rer wurde nicht, wer am klügsten war. Nein, es ging
um Wesentlicheres! Wer kleidete sich am schicksten?
Wer hatte die blondesten, wer die längsten Haare?
Wer hatte die längsten Augenwimpern? So etwas war
plötzlich wichtig. Außer mir gab es nur noch ein Mädchen aus nicht begütertem Elternhaus. Ich profitierte
weiterhin von der Second-Hand Kleidung meiner
Freundin und ich wusste, was man trug und was modern war. Schon immer. Aber die Töchter der Industri-
ellen waren auch ständig nach der neuesten Mode ge-
kleidet, denn Geld spielte für sie keine Rolle. Es war
nicht ganz leicht da mitzuhalten. Aber ich sprach ja
schon über meine Rolle.

Ich wurde Klassensprecherin. Jedes Jahr wieder. Leider können sich mutige Klassensprecherinnen nicht auf ihre Kameradinnen verlassen. Das stellte sich bei einem Chemietest heraus. Wir hatten den Stoff nicht verstanden, vielleicht auch zu wenig gelernt. Jedenfalls beschlossen wir, nicht zu schreiben. Alle waren sich einig. Streik! Undenkbar, aber so war es. Ich teilte das dem Chemielehrer mit. „Bitte verschieben Sie den Test. Wir können heute noch nicht schreiben." Er war dazu nicht bereit. Ich: „Wir schreiben nicht." „Jeder, der nicht schreibt, bekommt eine 6. So ist das." Und Mädchen für Mädchen griff zum Füller. Unsicher schielten sie in meine Richtung, einige von schlechtem Gewissen geplagt. Sie ließen mich hängen, diese Feiglinge. Hätten wir zusammengehalten, hätte er nichts machen können. So war ich die einzige, die nicht schrieb, die einzige mit einer 6. Eine heilsame Erfahrung. Gut für mich, dass er mich mochte, der Herr H. und mir verzieh. Obwohl ich die 6 für Leistungsverweigerung fing, bekam ich im Zeugnis eine 3. Damit war ich gut bedient, denn Chemie blieb mir eine unbegreifliche Größe.

Unsere Lehrer waren damals noch sonderbarer als ihre Kollegen heute. Es gab unter ihnen nur wenige Männer, denn viele waren ja im Krieg geblieben. Und die Frauen ließen uns schon mal staunen. Unsere erste Klassenlehrerin setzte sich meist auf das Pult. Wenn sie von dort oben über Karl den Großen oder andere wichtige Menschen dozierte, schlug sie sich gern so richtig doll mit der Faust auf die Brust. Das krachte und erinnerte uns an einen Gorilla. Nur, dass Gorillas nicht diese fleischfarbenen Perlon-Kniestrümpfe tragen, die ihr hochgerutschter Rock freigab und auf die wir in Augenhöhe freie Sicht hatten.

Die Lehrerin für Nadelarbeit und Erdkunde hatte während der Bombenangriffe längere Zeit verschüttet in einem Keller gelegen. Sie war total lieb, aber ein wenig sonderbar. Mit eingezogenem Kopf huschte sie durch die Flure.

Die Chemielehrerin ließ Phosphor ins Waschbecken fallen, der sich sofort entzündete und einen schönen Brand entfachte.

Eine Geschichtslehrerin reagierte spontan, als ich nach der damals noch üblichen Pocken-Impfung in Ohnmacht fiel und unter dem Tisch landete. Sie hielt mir ihr Tosca Eau de Cologne unter die Nase, um mich zu wecken. Der Duft dieses Fläschchens schickte mich aber sofort wieder ins Land der Träume.

Unsere Mathematiklehrerin Frau Dr. P. war stark kurzsichtig. Ihre Brille, Horn, rund, war so stark, dass ihre Augen dahinter so klein wie die eines Hamsters erschienen. Ihr rotes Haar hatte sie zu einem unordentlichen Knoten im Nacken gesteckt. Immer trug sie einen grauen, wadenlangen Rock, der irgendwie schief war und aus dem mindestens ein Blusenzipfel heraushing. Dazu Schnürschuhe. Sie hatte erstaunlich gut geratene Beine! Bücher trug sie in einer Ledertasche, die sie so unter den Arm klemmte, dass der Inhalt häufig hinten herausfiel. Man muss sich das vorstellen.

Da eilt eine Frau mit beträchtlichem Tempo den Gang hinunter und hinten fallen ihre Bücher raus! Wir bogen uns vor Lachen. Einmal versteckten wir einen Wecker im Schrank. Da reagierte sie cool, was wir nicht erwartet hatten.

1962 ereignete sich in Hamburg und Umgebung eine große Flutkatastrophe. Das war schlimm. Viele Menschen verloren ihre Häuser, das Vieh ertrank. Wir waren nicht in Gefahr, denn unser Stadtteil lag höher. Aber betroffen waren wir auch. Es gab nämlich zeitweise kein Wasser, weil die Leitungen in Mitleidenschaft gezogen waren. Dann kam 2 x am Tag ein Tankwagen. Man ging mit Eimern und Kannen hinunter und sorgte vor.
Ich war insofern betroffen, als die obdachlos gewordenen Menschen in Schulen und Turnhallen untergebracht wurden. So auch in der Halle, in der mein Turntraining stattfand. Mehrere Wochen fiel das Training aus, was mir sehr abging.

1964 wurde ich Hamburger Vizemeisterin im Schlag-
ballweitwurf. Ich schaffte 59 Meter. Da war ich stolz!
Überhaupt war das – sportlich gesehen – wohl meine
beste Zeit. Ich genoss besonders die Staffelläufe. Immer war ich die Startläuferin. Hinterherlaufen war nie
meins. Das sollte im Erwachsenenleben so bleiben.

Alles war völlig easy, nur Mathe konnte ich nicht
begreifen. Da war ein Brett vor meinem Kopf. Ich sehe
noch Frau Dr. K., wie sie mit ihrem roten Buch da vorn
steht und schnarrt „Karin, komm bitte an die Tafel."
Ich schlich dann mit dem Kopf zwischen den Schultern
zum Schafott. Zu blöd! An der Tafel stehen, die Kreide
in der Hand, alle Finger schon weiß und – nichts. Meiner Rolle hat das seltsamer Weise nicht geschadet.
Jede von uns hatte halt ihre Schwächen.

Pubertät

Ein unendliches Thema heute: Pubertät. Schon mit ihren 10 Jährigen erleben Eltern die ersten Vorboten. Sie sind wie Kundschafter, die testen, ob die Zeit schon reif ist für diese seltsame Krankheit. Pubertät ist heute auch die rasche Erklärung für jegliches Fehlverhalten Jugendlicher. Nach dem Motto „er kann ja nicht anders" „er meint es nicht so" „sie sind halt jetzt falsch vernetzt" wird zugedeckt, was geahndet werden müsste.

„Womit haben wir das nur verdient?" fragen sich Eltern. Soviel Renitenz, soviel Widerwille, wer soll das aushalten? Sie können sicher sein, auch wenn ihr Sprössling sich noch so garstig und sperrig gibt, er braucht Zuwendung.

Die meisten Kinder finden ihre Eltern in diesen Jahren ätzend und doof. Die verstehen gar nichts, sind oberpeinlich und nerven nur. Plötzlich sind Väter und Mütter keine Vorbilder mehr, sondern ihre Kinder ver-

110

langen von ihnen, dass sie sich aus ihrem Leben raushalten.

Eltern kommen mit diesem Rauswurf aus dem Kinderzimmer nur schwer klar. Unglücklicherweise lassen sich manche zu Aussagen hinreißen, die sie selbst schon an ihren eigenen Eltern gehasst haben. „Solange du deine Füße unter unseren Tisch stellst...." Pubertärlinge wissen nicht, wie ihnen geschieht, wenn ihre Synapsen sich in dieser Phase völlig neu vernetzen und die Hormone verrückt spielen. Von Stimmungen gebeutelt, von Gefühlen hin- und hergerissen ist plötzlich alles irgendwie komisch, leider meist nicht ha-ha-komisch.

In der Pubertät suchen die Jugendlichen nach der eigenen Identität. Sie üben, sich von den Eltern zu lösen, die das Wissen um diese Umstände wenig tröstet. Gibt man den „Gebeutelten" den Auftrag, den Müll raus zu bringen, hört man ein ungeduldiges „Glei-i-ich". Natürlich passiert „gleich" gar nichts. Wagt man nach zwei Stunden nachzuhaken, kommt es meist geballter, nach dem Motto „Mama, du nervst!"

Dass Mama es dann nicht vor lauter Ärger selbst erledigt, sondern darauf besteht, dass der Spross den Müll versorgt, das kostet Kraft und Nerven. Denn wenn es nur der Müll wäre... Aber auch Suchende haben Pflichten. Auch Regeln einhalten gehört zum Erwachsenwerden. Denn Pubertät kann nicht der Freifahrtschein für schlechtes Benehmen sein. - Oder muss man die Erziehung für die paar Jahre aussetzen?

Darum sollten Eltern das sonderbare Verhalten ihres pubertierenden Kindes mit Fassung tragen. Hilfestellung ist anzubieten, wenn die gewünscht wird. Ein entspannter Umgangston ist hilfreich. Wenn Eltern erst ins Wespennest gepikst haben, braucht es garantiert länger, bis sich die Lage wieder beruhigt hat.

Pubertät hat viele Gesichter. Vater und Mutter können sicher sein, dass sie einige kennenlernen werden. Irgendwann ist das vorüber und alle Beteiligten wundern sich, warum sie soviel Stress hatten, wo man sich doch gut versteht und alles total easy läuft.

Vielleicht hört es sich blöd an, aber ich war zur Zeit des Heranwachsens nicht in der Pubertät. Ich kannte das nicht. Vermutlich lag es daran, dass meine Eltern von diesem Phänomen auch nichts ahnten und mich einfach durchgehend streng erzogen haben. Widerworte waren nicht erwünscht, Diskussionen auch nicht. So manches Mal hatte ich eine ziemliche Wut auf meine Eltern, aber ich hätte es ihnen nie gezeigt! Ich hatte zu funktionieren, ich musste gehorchen. Wehe, wenn nicht. Dann rutschte meiner Mutter schon einmal die Hand aus.

So übersprang ich damals jedenfalls das, was man Pubertät nennt, fast gänzlich, bis ich sie mit 32 nachholte..

Eigenes Geld

In den 60ern bekam ich 20 DM Taschengeld im Monat. Ich brauchte ja auch nicht viel, denn ich erhielt zu Hause, was nötig war. Wenn ich allerdings Sonderwünsche entwickelte, wurde es eng. Deshalb nahm ich eine Putzstelle beim Bäcker an. Dafür bekam ich 10 DM/Woche. Zur Aufbewahrung meiner Barschaft bastelte ich aus einer Kokosnusshälfte einen Safe. Darin verschwanden Monat für Monat 40 DM. Das Geld benutzte ich, um mir etwas zu kaufen, das nicht im elterlichen Budget war oder nicht ihre Zustimmung fand. Zum Beispiel die 7/8 lange, rot-blau gestreifte Caprihose, wie Conny Froboess eine trug. Conny war damals ein Star. Sie war frech und chic. Und so fühlte ich mich mit dieser Hose auch.

Eine weitere große Anschaffung war mit 14 Jahren ein brauner Wildledermantel mit einer passenden Handtasche. Er hat mich 400 DM gekostet, nicht ganz wenig damals. Ein anderes Mal kaufte ich mir ein hellblaue-

Schneiderkostüm mit Nadelstreifen und dazu einen beigefarbenen Hut. Der Drang, mir schöne Hüte aufs Haupt zu setzen, ist geblieben.

Ich glaube, so mit 14 begann das, was sich später bei mir als Verkleidungsfimmel manifestierte. Noch heute gebe ich Summen aus, weil ich mich gern in schöne Stoffe hülle. Nie habe ich das für andere getan. Es war und ist mir ganz einfach ein Bedürfnis.

Damals begann auch, was man heute Trend nennt. Ein Stil wurde modern und man trug ihn. Anderes ging gar nicht. Ende der 60er Jahre trugen wir alle Miniröcke nach Mary Quant, manche gerade mal so breit, dass der PO bedeckt war, oder kurze Kleider mit geografischen Mustern in schwarz/ weiß wie von Courrège. Dann kam die Midi Mode, die Kleiderlänge rutschte unter die Wade. Midi wurde abgelöst durch eine neue Miniwelle, die man mit Maximänteln, knöchellang, kombinierte. In den 60ern gab es auch die ersten Bikinis. Unglaublich, so wenig Stoff in dieser spießigen

Zeit. Jeans kamen auf. Ich durfte keine tragen. „Arbeitshosen trägt ein Mädchen nicht", sagte mein Vater. Jeans mussten hauteng sitzen. Es gab noch keine Stoffe mit Elastan. Wir stiegen also mit den Baumwollhosen in die heiße Badewanne und trugen sie danach trocken. Die Dinger liefen stark ein und klebten danach an der Haut. Mancher musste zur Schere greifen, um sich daraus zu befreien. Aber wir guckten nach Amerika und übernahmen mit fliegenden Fahnen völlig unkritisch, was dort aufkam. Auch Kunstfasern, wie Nyltest, waren neu. Daraus machte man Hemden, die man nicht bügeln musste. Abends gewaschen, morgens wieder angezogen. Eine Sensation! Leider vergilbten die Dinger und sahen bald nicht mehr gut aus. Was schwerer wog, nach einiger Zeit müffelten sie. Hosen aus Trevira wurden modern. Eine kratzige Kunstfaser, aber praktisch!

Das Wort „praktisch" passt auf vieles aus dieser Zeit. Ich empfinde es so, dass diese Tendenz zum Prakti-

116

schen deutlich zu Lasten des Sinnlich-Erotischen ging. Praktisch passt zu ordentlich und ist typisch deutsch.

Ganz anders die Musik! Negermusik nannte mein Großvater das, was nichts anderes als wundervoller Jazz war.

In den 50ern war Conny Froboess nicht der einzige Star in unserem jugendlichen Schwärmen. Sie sang aufregende Lieder wie „Pack die Badehose ein, nimm dein kleines Schwesterlein...." Auch Peter Kraus machte tolle Musik. Der Twist kam auf. Ein Tanz, für den man unbedingt heile Kniegelenke brauchte. Und dann Elvis! – Wir sammelten Starbildchen, die zum Beispiel den Haferflockenpackungen beilagen. Schauspieler wurden, wenn doppelt vorhanden, getauscht. Tausche Ava Gardener gegen Sophia Loren. Sammelbildchen waren überhaupt eine große Sache. Als Kind hatte ich schon wunderbare Tieralben gehabt, deren Illustration aus diesen Sammelbildern bestand.

Leider hatte ich keinen Plattenspieler, sonst hätte ich wohl, wie meine Klassenkameradinnen auch, sämtliche Singles der angesagten Stars gehabt. So genoss ich Besuche bei anderen, wo wir nach diesen Songs Twist tanzten, dass es krachte.

Kinder werden Erwachsene

Im Deutschland der Nachkriegszeit hatten Kinder weniger Rechte als Pflichten. Sie hatten leise zu sein und niemanden zu stören. Schon früh lernten sie, dass man Erwachsenen zur Begrüßung die Hand gab. Jungen machten dabei einen Diener. Das sah so aus, als hätte ihnen von hinten jemand auf den Kopf gehauen, denn selbiger klappte beim „Tach!" vornüber. Mädchen machten einen artigen Knicks. Kinder liefen so mit, bis sie irgendwann erwachsen waren. Während dieser Mitläuferzeit guckten sie sich ab, was sie wissen mussten. Ihre Eltern und andere Erwachsene waren dafür Vorbilder. Auch das scheint typisch deutsch zu sein. Heute, 60 Jahre später wünschte ich mir, dass die meisten Kinder und Jugendlichen ein wenig mehr von ihren Vorfahren hätten.

Es gab bis dato auch keine besondere Kleidung für Jugendliche. Man trug Kindersachen und nach der Konfirmation Erwachsenenkleidung. Ich erinnere noch meine Feier. Wir kauften ein anthrazitfarbenes, sehr teures Kleid im ersten Modegeschäft am Ort. Ich war und bin ein Spargel. Das Ding saß überhaupt nicht, weil ich nichts in der Bluse hatte. Also schaffte meine Mutter für mich einen wattierten BH an, der Form in meine Front brachte. Das gefiel mir gut! Meine Mutter warnte: Nur zur Konfirmation! Danach trug ich ihn aber immer öfter heimlich auch zur Schule unter meinen Pullovern. Man bedenke die Zeit. Kurvenstars wie Marilyn Monroe, Gina Lollobrigida, Sophia Loren, Jane Mansfield waren die vollbusigen Vorbilder und ich war ein Spargel! Mein tägliches Training trug dazu bei, dass ich kein Gramm Fett ansetzte. Was mir bis heute zugute kommt! Bei anderen Frauen fordert die Natur inzwischen ihr Recht. Gewisse, ehemalige körperliche Vorzüge wandern, bedingt durch die Erdanziehung und schwächelndes Bindegewebe, nach Süden. Das

120

Schlimme ist ja, dass das, was sich einmal auf den Weg nach unten gemacht hat, nicht wieder nach Hause findet. Bei mir ist alles ziemlich unverändert. Wo nix ist, kann sich auch nix verirren. Toll!

Zu den Dingen die man unbedingt können musste und eigentlich auch heute noch muss, gehört das Tanzen. Damals war es üblich, dass Schulklassen geschlossen in den Tanzkurs gingen.

Das war spannend! Die renommierte Tanzschule wurde von Standard-Weltmeistern geleitet. Benimmunterricht erhielten wir getrennt. Wie steht und geht eine Dame? Wie schlägt sie die Beine elegant übereinander? Wie hilft er ihr in den Mantel? Wo geht er in Begleitung, wo, wenn er mit ihr die Treppe hinauf od. hinuntergeht? Wie kleidet man sich wo?

Wir Mädchen saßen dann, feingemacht wie Geschenkpackungen, wie die Hühner auf der Stange vor

einer Spiegelwand. Die Jungen standen im Eingangs-
bereich, mindestens 10 Meter entfernt.

Wenn es hieß „Bitte auffordern", dann bewegten sich
die Knaben wie eine Front auf uns zu. Die meisten mit
stark Akne befallenen Gesichtern, andere schwitzend
vor Aufregung. Vor den gefragten Damen staute es
sich gern, während woanders viel Platz war. „Darf ich
bitten?" – Hatte das etwa dieser picklige Vogel gesagt?
Ich tat so, als hätte ich das nicht gehört und lächelte
den schönen Blonden, der ganz cool in der hintersten
Reihe abwartete, über die Köpf hinweg an. „Gern, rief
ich ihm zu", der gar nichts gesagt hatte und nur frech
grinste. Aber es war klar, dass wir beide es waren. Der
Picklige orientierte sich notgedrungen in Richtung „viel
Platz". Das machte er zwei Mal. Dann beschwerte er
sich beim Tanzlehrer. „Die tanzt nicht mit mir". Der
hielt dann eine kleine Ansprache, dass man nicht ablehnen dürfe, weil das unhöflich sei. In der Pause
zischte ich den Pickligen, der irgendwo an einem Pfos-

ten lehnte und an seiner Cola nuckelte, im Vorbeigehen zu „Never!" – Das war nicht nett.

Großes Glück hatte ich, weil meine Abtanzballpartner immer Gastherren waren, die schon tanzen konnten. So kam es auch, dass ich immer weiter machen konnte, denn es gab auf jedem Ball einen Tanzwettbewerb und der erste Preis war immer der nächsthöhere Kurs. Schließlich stand ich vor der Entscheidung, Turniertänzerin zu werden. (Diese Entscheidung sollte später noch mehrfach auf mich zukommen.)

Außerhalb des Tanzens, hatte ich mit Jungen nichts am Hut. Irgendwie war da zu der Zeit niemand, der mich zu Abenteuern reizte. Den schüchternen Versuchen meiner Tanzpartner, mich zu Zärtlichkeiten zu überreden, konnte ich gut widerstehen. Für mich stand fest, dass ich mich vor dem Abitur niemandem hingeben würde. Und Knutschen war die Vorstufe. Also währte ich den Anfängen. Kann sich das heute noch einer vorstellen?

Als ich 16 wurde, zogen wir erneut eine Straße weiter, in Richtung auf die Gegend, in der man wohnte, dieses Mal in eine 3– Zimmer Wohnung. Meine kleine Schwester, inzwischen sieben Jahre alt, und ich bekamen ein „Kinderzimmer". Wieder kein Raum für Privates, wieder nicht allein, aber zumindest ein „Kinderzimmer". Mein Schreibtisch enthielt unter der Platte eine Nähmaschine. Alles war platzsparend durchdacht. Quadratisch, praktisch, gut! Deutsch! Wir bekamen die alte Schlafcouch, die meine Eltern schon in dem einen Zimmer täglich zum Bett ausgeklappt hatten und auch den alten Wohnzimmerschrank. Meine Schwester schlief in einem sogenannten Wandklappbett. Ein hässliches Monster mit einem blöden bunten Vorhang. Unsere Zimmertür hatte keinen Schlüssel. Die Eltern waren der Ansicht, wir bräuchten keinen und sie hätten jederzeit Zutritt zu unserem Reich. Das sah ich durchaus nicht so, aber damals kam ich damit nicht durch. Kinder und Jugendliche brauchen ihre Privatsphäre und haben heute ein Recht darauf. Eltern haben diese zu respektieren. Nicht so zu meiner Jugend.

Gern wäre ich ab und zu allein gewesen. Mit 16 hat man Phantasien, die nicht durch das Geplärre einer kleinen Schwester gestört sein wollen. Sie hatte es drauf, immer genau dann zu nerven, wenn ich sie zum Teufel wünschte. Meine Eltern hatten dafür wenig Verständnis. Wie schon gesagt, Pubertät unbekannt! Wir waren eine gläserne Familie. Jeder wusste alles vom anderen.

Erste Liebe

„Wir haben noch kein Telefon" – heute undenkbar, 1966 nicht ungewöhnlich – „wer will das wissen?" „Johannes". – Ah, ja.

Melli, eine Klassenkameradin, hatte den Auftrag, meine Nummer zu besorgen. Wir hatten ein Klassentreffen gehabt, zu dem ich als Tanzpartner zwei Jungenklassen eingeladen hatte. Als diese sich jedoch überhaupt nicht rührten, sondern ihren Spaß darin fanden, aus Bierflaschen Türme zu bauen, hatte ich ihnen empfohlen, nach Hause zu gehen, weil das nicht unsere Vorstellung von Party sei. So eine, mit dieser Courage, hatte Johannes imponiert. Die wollte er kennenlernen.

Ohne Telefonnummer nicht leicht. Irgendwann war es ihm dann gelungen, meine Adresse herauszubekommen.

Zu der Zeit tanzte ich Vor-Turnier für Standard. Gerade hatte ich 24 Lockenwickler in mein Haar gedreht, weil ich zum Training verabredet war, als es an der Tür klingelte. Mein Vater öffnete. „Kommst du bitte mal, hier ist Besuch für dich, ein junger Mann mit sehr schmutzigen Füßen." Mein Vater konnte auch direkt sein! Mit meiner Krone aus Lockenwicklern – eine Karikatur – ging ich neugierig zur Tür. Da stand er, der schöne Johannes. Ein Bild von einem Mann. Schwarzes Haar und grüne Augen, schlank und drahtig auf 192 cm verteilt. Er errötete vor Aufregung und – er war tatsächlich barfuß. „Ich möchte dich ins Kino einladen", sagte er, geradeaus und ohne zu stottern, „Samstag um 16 Uhr. Kommst du mit?" Ich fühlte mich geschmeichelt und sagte zu, konnte aber nicht umhin zu fragen: „Soll ich Schuhe anziehen?" – Wir lachten.

Das war der Beginn gemeinsamer 24 Jahre.

Johannes trat mir bald eine alte Jeans ab. Da ich ja keine kaufen durfte, trug ich nun seine, mit einem Gürtel in der Taille zusammengehalten, die Hosenbeine auf Länge abgeschnitten. Ich war nur 170! Aber ich fühlte mich riesig in der Hose.

Und dann die Revolution! Aus England kamen die Beatles nach Hamburg und wurden zu einer der berühmtesten Bands ever. Die Jungs hatten langes Haar – aus heutiger Sicht eher bieder! Aber die Frisuren sahen aus, wie Pilzköpfe – Pottfrisuren! – und das ging für viele Erwachsene zu der Zeit gar nicht. Eine Herrenfrisur hatte über den Ohren zu enden! Je weniger die Erwachsenen etwas goutieren, desto beliebter wird es bei den Jugendlichen. So ist das. So war es schon zu Sokrates Zeiten.

Es muss jedoch damals in Deutschland die Hölle für Erwachsene gewesen sein. Durch diese neue Strömung änderte sich alles, was bis dato Halt und Wert gewesen war. Die Jungen ließen sich Haare und Bärte wachsen!

Beatle Songs waren irre! Dass viele davon sicher im Drogenrausch entstanden waren, störte uns nicht, sondern machte sie nur noch exotischer. Die Rolling Stones scharten das zweite Lager hinter sich. Sie waren eher die Schmuddeljungs, ihre Musik härter, Mick Jagger so sexy! Die Musik machte irgendwie den Anfang, das Alltagsleben folgte ihr. Alles wurde freier, lauter, offener. „Unordnung" wurde modern. So gar nicht deutsch!

Johannes hatte ein Tonbandgerät und nahm ständig die neueste Musik auf. Es war ein bisschen so, als helfe uns die Rockmusik beim Schlüpfen aus dem germanischen Kokon aus Ordnung, Gehorsam und Zwang.

Mit Johannes ging ich auf Partys. Manchmal gab es ein Separé, will heißen, einen Raum, in dem ein Feldbett stand, in den sich Paare zurückzogen. Ich verstand zuerst gar nicht, wozu. Wie naiv kann man sein mit

16? Wir wurden gefragt, ob wir nicht auch .... Wir wollten nicht. – Dann gab Johannes in seinem Dachbodenzimmer eine Party. Irgendwann standen wir beide am Fenster und waren uns sehr nah. Und dann geschah es! Wir küssten uns! Mein erster Kuss – mit 16! Oh, war das aufregend. Von nun an hatten wir regen Körperkontakt, erforschten unsere Anatomie und genossen unsere Lust. Das war manches Mal hart, denn ich hatte mir ja vorgenommen, erst das Abitur zu machen! Was ich zu der Zeit nicht wusste, war, dass Johannes von seinen Mitschülern aufgezogen wurde, weil ich mich so lange sperrte und ihn hinhielt. Damals hatten wir Jugendlichen kaum die Möglichkeit, irgendwo ungestört allein zu sein. Wenn die Eltern einmal nicht im Hause waren, nutzten wir die Gelegenheit. Als Johannes mit 18 den Führerschein hatte, fuhren wir ins Wäldchen, wo wir so manches Mal durch Spanner erschreckt wurden. Des Öfteren fuhren wir auch ins Wochenendhäuschen seiner Großeltern. Da waren wir dann wirklich allein. Rein juristisch gesehen, machten

sich Eltern strafbar, die Verkehr Minderjähriger zulie-
ßen. Straftatbestand: „Kuppelei". Minderjährig war
man bis 21.

Wir hatten nicht nur schöne Jahre. Johannes Eltern hielten mich nicht für geeignet als Schwiegertoch-
ter. Sie hätten ihn lieber mit der Tochter eines Berufs-
kollegen gesehen. Dazu kam, dass Johannes ziemlich
faul war und einmal durch das Abitur fiel. Er hatte sehr
unter seinem Vater zu leiden, während die Mutter ihn
unglaublich verwöhnte. Er war der einzige Junge. Seine Schwestern waren drei und acht Jahre jünger.
Als ich 19 war und in der Oberprima, verbrachten die
Schülerinnen der 13 a eine Woche in einem Jugend-
gästehaus. Wir sollten dort über Kant arbeiten. Am
Himmelfahrtstag, ich weiß noch, es war der 15. Mai,
hatten wir nach dem Essen frei. Johannes holte mich
mit dem Wagen seiner Mutter ab. Wir hatten sturm-
freie Bude, denn die Eltern waren verreist. So kam es,
dass ich in Johannes Jugendbett noch vor dem Abi

meine Unschuld hingab. Ich hatte mich dazu entschlossen und rechtzeitig die Antibabypille genommen. Die war damals ganz neu und eine irre Erleichterung für Frauen. Als er mich abends zurückbrachte, kam es mir so vor, als sähe man es mir an. Natürlich fragten die Freundinnen. Oh, war das wichtig! Nun gehörte ich dazu. Mit 19! Aus Sicht heutiger Jugendlicher zum Totlachen spät. Heute machen Kinder mit 12 die ersten sexuellen Erfahrungen, manche gehen schon in sehr jungen Jahren in die Vollen.

Fast erwachsen

Zum Abitur hätte ich gern ein neues Kleid gehabt. Das war jedoch finanziell nicht drin. Ich war sauer, aber das änderte nichts. Also zog ich ein altes, rotes Minikleid an. Dem Abi schadete das nicht. Ich hatte geträumt, dass meine Freundin und ich in Deutsch nicht ins Mündliche kämen. Also haben wir uns auf andere Fächer vorbereitet. Während man sich heute lange vorher auf die Prüfungen einstellen kann, wurde uns vorher nicht gesagt, in welchen wir geprüft werden würden. Auch die Noten des Schriftlichen waren bis dahin nicht bekannt und so konnte es praktisch jedes Fach sein. Wir kamen tatsächlich nicht in Deutsch dran. Dafür aber in Französisch. Fräulein Dr. L. konnte mich nicht ab. Sie stellte mir Fragen über Albert Camus und zwei seiner Werke. „Das haben Sie toll gemacht!" lobte mich eine andere Französischlehrkraft, die der Prüfung beigewohnt hatte. „Wurden Sie auf zwei geprüft?" „Nein, auf vier." Ich hatte offenbar

die Abiturarbeit verhauen und musste nun die Vier er-
kämpfen. Alte Hexe! – Eine Abiparty hatten wir nicht,
gar keine Feier und auch keinen Ball. Das war damals
verpönt. Spießig! Total out. Heute fehlt mir das irgendwie. Alles sollte einen angemessenen Abschluss
haben. Das ist der Grund dafür, dass ich später als
Studienrätin sogar mit Real- und Hauptschulklassen
am Ende ihrer Schulzeit immer einen Abschlussball
gemacht habe. Eine schöne Tradition, die alle genossen. Abendkleider, Anzüge, großes Kino, toll!

Am Abend nach dem Abitur fuhr ich zu Johannes,
der an seinem Studienort zusammen mit einem Freund
eine Wohnung in einem Einfamilienhaus bezogen hatte. Ich packte meine Reisetasche aus und wir zogen
zur Feier meines Abis durch die Kneipenszene. Als wir
nachts in die Wohnung zurückkamen, waren alle
Schränke geöffnet und auf dem Tisch lag neben meinem Nachthemd ein Zettel: „Hier ist kein Puff! Damenbesuch nicht gestattet!" Die Vermieterin hatte in

unserer Abwesenheit die Wohnung durchsucht, inklusive der Betten. Johannes und sein Kollege schauten sich an und brachen in schallendes Gelächter aus. Am folgenden Morgen teilten sie der Vermieterin mit, dass sie sofort ausziehen würden. Sie hakte nach, sie könnten natürlich wohnen bleiben, nur eben ohne Damenbesuch. „Ne danke", blieb die Antwort.

Ich zog mit 20 aus der elterlichen Wohnung aus. Im gleichen Zimmer mit meiner neun Jahre jüngeren Schwester, das ging nicht mehr. Ich mietete die hinteren zwei Zimmer einer 5-Zimmer Wohnung, die einem alten Ehepaar gehörte. Ein Bad gab es nicht, aber ein Waschbecken im Flur. Das war Bad und Küche zugleich, denn die Küche war ein gefangener Raum ohne Wasseranschluss. Am Nachmittag gegen 16:10 Uhr hatte ich sogar für 10 Minuten Sonne, so sie denn schien. Besondere Beigabe waren riesige Spinnen, die im Weinlaub an der Hauswand wohnten und bei mir gern Unterschlupf suchten. Nur meine Phobie verhinderte, dass wir Freundschaft schlossen. So manches Mal musste mein Vater kommen und mich retten. Leider mochte er Spinnen und setzte sie nur hinaus, so dass der Rückweg vorgezeichnet war. Gleich um die Ecke sollte ich bald noch einmal umziehen.

Problem war, dass ich nicht wusste, was ich werden wollte. So jobbte ich ½ Jahr lang in der Datenverarbeitung einer großen Bank. Ich durchlief mehrere Eignungsprüfungen für Berufe, die ich für möglich hielt. Die Prüfung für die gehobene Beamtenlaufbahn habe ich gründlich versemmelt. Man bestätigte mir, dass ich für Schreibtischtätigkeiten nicht geeignet wäre. Mein Vater war sauer. „Was hast du da bloß gemacht, Kind?" Meiner Mutter hätte der Beruf der Flugbegleiterin gefallen. Also bewarb ich mich bei der Lufthansa. Ich flog nach Frankfurt – mein erster Flug – und durchlief einen nicht leichten Einstellungstest. Ich bestand, allerdings mit der Auflage, in der Schweiz ½ Jahr lang Zimmerdienst in einem Hotel abzuleisten.

Man meinte, ich solle mich unterordnen lernen, führen könne ich ja. Das ging mir völlig gegen den Strich, hatte ich doch nicht umsonst 13 Jahre die Schule besucht um mir außer Wissen eine eigene Meinung anzueignen. Außerdem waren alle Stewardessen gleich geschminkt. Montag grüner, Dienstag blauer Lidschatten. Im Gleichschritt.. das war nichts für mich. Ich flog standby zurück nach Hamburg, wo mich Johannes nachts vor dem bereits schlafen gegangenen Flughafen einsammelte.

Johannes ging für sein Studium nach Niedersachsen. Ich blieb in Hamburg. Freundinnen hatten mich animiert, doch mit ihnen Pädagogik zu studieren. Da ich schon seit Jahren Sportunterricht im Verein erteilte, dachte ich „ok, das kann ich sowieso, dann eben das." So kam ich, wie die Jungfrau zum Kind, zu meinem späteren Beruf. Meine Großmutter war zunächst gegen das Studium. Sie sagte „Wir sind anständige Leute, mein Kind. Wir studieren nicht, wir arbeiten." Erst als ich später nach dem Studium verbeamtet wurde, akzeptierte sie diesen Weg. „Beamtin" , das war was.

Über sechs Jahre führten Johannes und ich eine Wochenendbeziehung. Ich hatte ja kein Auto. Also fuhr ich alle 14 Tage mit dem Zug nach Süden. Er kam mit seinem Wagen an den anderen Wochenenden. Das war eine wenig schöne Zeit. Sonntagmorgen dachte man daran, dass man sich abends wieder trennen musste, was den ganzen Sonntag schon bei Sonnenaufgang verdarb. Während ich brav studierte und abends Sport unterrichtete oder in meiner Wohnung saß und arbeitete, genoss Johannes sein Leben. Es verging kein Tag, wo er nicht mit Kumpels irgendwo feiern ging. Ich konnte ihn häufig nicht erreichen, was nervte, aber mich erstaunlicherweise nicht zum Nachdenken zwang. Ich war eben sehr naiv. Alkohol war nicht meins, ich rauchte auch nicht. Am allgemein zunehmenden Drogenkonsum hatte ich kein Interesse. Ich fand es lächerlich, wenn Freunde nach LSD Hallus hatten und sich benahmen wie Idioten. Auch Marihuana kam für mich schon allein deshalb nicht in Frage, weil ich nicht rauchen konnte. Insgesamt hatte ich also wenig Verständnis für diese Art von Genuss. Ich nehme heute an, dass dabei auch meine Angst vor Kontrollverlust eine nicht zu unterschätzende Rolle spielte.

1974 ging ich ins Referendariat. Kaum hatte es begonnen, lernte ich einen Kollegen im Seminar kennen. Wir gefielen einander sofort. Ein Bild von einem Mann! Dass er gerade geheiratet hatte, wusste ich zu Beginn nicht. Ich überdachte meine Beziehung zu Johannes und war bereit, sie zu beenden, weil er sich eindeutig zu wenig um mich kümmerte. Als Johannes das mitkriegte und begriff, dass es mir ernst war, lief er zur Höchstform auf und eroberte mich zurück. Noch im Frühjahr verlobten wir uns und im September heirateten wir. Ich war 25 und zog nach dem Referendariat nach Niedersachsen. Dort bekam ich sofort meine erste Stelle. Johannes jobbte in einem Büro und am Wochenende in der Kneipe eines Freundes. So kam er kaum zum Studieren. Nach drei Jahren drängte ich auf das Examen. Vorher war ich nicht bereit, ein Kind zu bekommen. 1978 schaffte Johannes den Abschluss und bekam eine Stelle. Ich fühlte mich in Niedersachsen jedoch nicht wohl und wollte zurück. Mir war in der Kleinstadt alles zu eng. Alles – das gesellschaftliche, wie auch das meteorologische Klima schnürten mir die Luft ab.

1980 gelang es mir, den Rückzug zu starten. Unser Sohn war 1 ¼ Jahre alt, als wir in unser kleines, gemietetes Häuschen in Hamburg einzogen. Das weiße Haus mit den grünen Fensterläden war von einem schönen Garten umgeben. Wir hatten Mühe, all unsere Sachen aus der riesigen 4-Zimmer Altbauwohnung in das Häuschen mit ganz anderer Aufteilung hineinzubringen.

Ich war voll berufstätig als Studienrätin. Meine

Mutter half uns als Kinderfrau. Eine Bessere hätte Max nicht haben können. Johannes glänzte beim Gestalten unseres Alltages durch Abwesenheit. Job, Sport, Charity, – ich den Rest. Das konnte nicht gut gehen. Irgendwann waren wir in einer Musikkneipe. Hinter mir sang jemand wunderschön die Lieder mit. Ich drehte mich um. Ein interessanter Typ. Wir unterhielten uns lange. Johannes hatte ich für Stunden vergessen. Mit Alexander ging ich eine Affaire ein. Immer, wenn Johannes mit Freunden zum Squash ging, organisierte ich einen Babysitter und fuhr zu meinem Verhältnis. Während ich für ihn jedoch nur ein interessantes Abenteuer war, hätte ich wohl alles aufgegeben. Unser Zusammenleben zu Hause wurde immer unbefriedigender. Ich dachte, das könne ja wohl nicht alles gewesen sein. Und dann kam sie – die Pubertät! – Ich suchte nach Abenteuer, nach Erfahrungen, nach all dem, was ich in meiner Jugend nicht erlebt hatte. Ich war am Fortbestand meiner Ehe nicht mehr interessiert. Das war schlimm, denn es traf Johannes hart.

Lug und Trug ist äußerst anstrengend für alle Beteiligten. Ich kannte viele Frauen, die unglücklich waren. Im Gegensatz zu mir, waren sie aber kompromissbereit und blieben hübsch in ihrem goldenen Käfig. In den 80ern trennte man sich in unseren Kreisen nicht. Falls doch, dann nur, wenn der Ehemann so richtig zahlen konnte. So eine wie ich, die ihr eigenes Geld verdiente und nichts wollte, beäugte man misstrauisch.

1984 kam es zum Eklat und wir trennten uns.

Johannes verkehrte weiterhin in unserem Bekanntenkreis, während ich nicht mehr eingeladen wurde. Eine alleinstehende Frau war wohl noch immer eine Gefahr, der sich die Ehefrauen nicht aussetzen wollten. Ich stand ziemlich allein da mit meinem Sohn. Wenn ich zum Sport wollte, brauchte ich einen Babysitter, wenn ich Elternabend hatte ebenso. Johannes bemerkte dazu sehr lapidar „Du hast es ja so gewollt." Für mich brach eine Zeit an, die mich sehr prägen sollte. Ich wurde zur Löwin, was mein Kind anging. Ich wurde hart, was alles andere betraf. Eines war sicher, ich würde allein zurechtkommen.

Unser Sohn wuchs in einer ganz anderen Zeit auf, als seine Eltern. Ich wollte, dass er es leichter hatte als ich. Alles sollte er sich wünschen dürfen. Es war mir immer wichtig, ihm viel Freiheit zu geben und ihn zu Selbstverantwortung und Achtung vor den Belangen seiner Mitmenschen zu erziehen. Er hat es mir leicht gemacht. Ich habe den wundervollsten Sohn unter der Sonne. Sein Vater ist inzwischen aus unserem leben verschwunden. Eine Adresse hat er nicht hinterlassen..

Fast 70 Jahre sind vergangen. Die Zeiten haben sich sehr verändert. Aber das tun sie ja immer. Das Alltagsleben ist heute entschieden einfacher zu bewälti-gen, als damals. Aber ob das immer von Vorteil ist, muss man sich fragen. Technisierung, Rationalisierung, Simplifizierung sind nicht in jedem Fall von Nutzen. Leider haben auch Oberflächlichkeit, Egozentrik und Gleichgültigkeit zugenommen. Werte müssen neu gelernt werden, denn manche Eltern können ihren Kindern aus Mangel an Kenntnis keine angemessenen Vorbilder mehr sein.

Manchmal wünsche ich mir die Zeit zurück, als Eltern noch Zeit für ihre Kinder hatten. Ich meine nicht, um sie zur Ballettstunde oder zum Geigenunterricht zu fahren. Ich denke an gemeinsam spielen, reden, träumen...
Ich meine Austausch zwischen Alten und Jungen.

Die Familie ist die kleinste Einheit einer Gesellschaft. Sie sollte möglichst intakt sein und Kindern die nötige Aufmerksamkeit und Geborgenheit geben können, die sie brauchen.

Jede Generation hinterlässt der nächsten einen gewissen Stand der Entwicklung. Manche wünschen sich, dass alles so bliebe, wie es immer war. Sie würden gern bewahren, was sie kennen.

Jede neue Generation gestaltet mit neuen Ideen und Kreativität ihre Zeit. Leider für die einen und zum Glück für die anderen ist jedoch immer alles im Fluss.

Nur einige wenige Größen sollten immer gelten: Junge Menschen müssen lernen, was richtig und was falsch, was gut und was schlecht ist. Eltern sollten in der Lage sein, ihren Kindern gute Vorbilder zu sein, was das Verhalten in der Gemeinschaft angeht. Tugenden, wie zum Beispiel Ehrlichkeit, Fleiß, Pünktlichkeit, Hilfsbereitschaft und Achtung vor den Belangen anderer, halten eine Gesellschaft zusammen.

Meine Generation hat das große Glück, in diesem Land schon über 70 Jahre im Frieden zu leben. Hoffen wir, dass auch unsere Kinder und ihre Nachfahren davon noch partizipieren.

Wer weiß, vielleicht schreibt unser erstes Enkelkind, irgendwann über unsere Zeit.:

„Damals war alles anders. Um 1970 herum waren Computer noch so groß, dass sie ganze Räume ausfüllten. In den 80ern wanderten sie dann in die Kinderzimmer. Die jungen Leute lernten by doing damit umzugehen. Eltern schauten ungläubig zu und dachten, dass sie damit nie zu tun bekämen. Als meine Stief-Oma ihren ersten Computer kaufte – das muss in den 1990ern gewesen sein – stand sie im Geschäft ratlos davor und tippte mal hier, mal da und fühlte sich wie eine Idiotin. Nur wenig später begann sie jedoch, sich mit Kolumnen und kritischen Beiträgen ins politische Geschehen einzumischen und Bücher zu schreiben. Bis zu meiner Geburt waren es schon elf. Auf das, was sie als „Unterschichtskind" erreicht hatte, war sie stolz..
– Die Größe der PCs war inzwischen erheblich geschrumpft. Von Jahr zu Jahr wurden sie kleiner. Während die ersten Mobiltelefone noch die Größe von Bri-

ketts hatten, kamen später Smartphones auf den Markt, die in die Hosentasche passten. Diese konnten schon ziemlich viel. Der Computerbereich entwickelte sich jedoch rasant und die Geräte wurden wieder größer – Pads. Dennoch kann man sich heute kaum vorstellen, dass die Generation meiner Großeltern noch damit telefonierte und sich mit WhatsApp Nachrichten schickte. Daten sammelten sie auf USB Sticks.

Ihre Fahrzeuge betrieben sie mit Fossilen Brennstoffen. Wenn man sich das vorstellt! Um 2016 konzentrierte sich die Entwicklung auf Elektroautos, die umweltverträglicher sein sollten, wobei allerdings der Energieaufwand zur Beschaffung des Stroms diesem Ziel eher wenig entsprach.

Mein Großvater fand im stolzen Alter von fast 60 noch einmal eine große Liebe, meine Stief-Oma. Das war 2011...

Ich wurde am 1.11.2017 geboren...

Bücher von Karin Brose

Schulkleidung ist nicht Schuluniform
Survival für Lehrer
Survival für Referendare
Survival für Eltern

Schwarzer Adler über mir
Ein Kreuz mit Kugelschreiber
Golf – Spazierengehen auf Rasen

Leben in Versen
Leben in Versen 2017   **www.brose-artworks.de**

149